d

Astrid Rosenfeld
Zwölf Mal Juli
Roman

Diogenes

Umschlagillustration:
Lara Cobden, ›Budgerigar and Geranium‹, 2012
Copyright © Lara Cobden

Alle Rechte vorbehalten
Copyright © 2015
Diogenes Verlag AG Zürich
www.diogenes.ch
150/15/8/1
ISBN 978 3 257 06935 8

Für Ty Mitchell

Ich komme am 24. Mai.
Bist Du da?
Hoffe, alles gut bei Dir? – Jakob

Sie starrte auf den Bildschirm.
Eine E-Mail.
Drei Zeilen.

Tag 1

Die Mutter

Der Weg durch den Park war keine Abkürzung. Sie würde zu spät kommen. Sie wollte zu spät kommen.

Am 2. Dezember 1804 krönte sich Napoleon zum Kaiser.

Hummeln können rückwärts fliegen.

Gustav Mahler hatte Hämorrhoiden.

Seepferdchen sind Fische.

Julis Fuß stieß gegen etwas Weiches. Die Berührung riss sie aus ihren Gedanken. Kindheits-Warnungen von Lehrern und Tanten hallten in ihrem Kopf: Viren! Weitergehen! Nicht anfassen! Doch Juli kniete nieder und streichelte den leblosen Vogel.

Noch hatte der Tod sein Äußeres nicht entstellt, er sah einfach nur müde aus, als wolle er sich nach einer langen Reise ausruhen. Einen verrückten Moment lang glaubte Juli, die Taube wäre soeben vom Himmel gefallen und hätte sich die Spitzen ihrer roten Sandalen als Ort zum Sterben auserwählt.

»Da bist du ja endlich, Kind. Komm rein. Komm rein. Nicht auf der Türschwelle stehen bleiben, das bringt Unglück.«

Karen trug ein enganliegendes blassrosa Lederkleid. Ihre Garderobe hatte seit der endgültigen Trennung von Harold einen Sprung ins Nuttige gemacht. Die Tweedkostüme und den Engländer hatte sie gegen kurze Kleidchen und Wladislaw eingetauscht.

»Ich habe jetzt einen Russen«, hatte Karen vor einigen Monaten am Telefon verlauten lassen. »Ich brauche einfach mehr Melancholie, mehr Seele, mehr Männlichkeit in meinem Leben.«

Irgendwann würde Karen etwas anderes brauchen, und die Matrjoschka-Puppen und Pelzmützen würden wieder verschwinden.

Vor zwei Jahren hatte es Julis Mutter nach mehr Ästhetik, mehr Kultur verlangt. Harold, ein englischer Kunsthändler, war die Antwort auf ihre Sehnsucht.

»Er ist ein Gentleman durch und durch. Er hat Stil.«

Das Wohnzimmer wurde zum *drawing room*, in dem Karen jeden Nachmittag Scones servierte.

»Ich fühle mich so englisch«, pflegte sie zu sagen. *»How do you do?«*

Aber mit Harold nach London zu ziehen kam

für Karen nicht in Frage. Sie erschuf ihr eigenes England unter ihrem deutschen Dach und begnügte sich damit, den Gentleman gelegentlich zu sehen.

Während der Harold-Phase versuchte Karen alle Probleme mit einem Pitcher Pimm's No. 1 zu lösen. Nicht nur die eigenen, sondern auch die ihrer Tochter, sämtlicher Wissenschaftler und Staatsoberhäupter. Den Bürgerkrieg in Syrien, Julis Blockaden, die Ölkatastrophe vor Neuseeland, den verlorengegangenen Seidenschal (ein Geschenk von Harold) – alles begoss Karen mit dem englischen Nationallikör.

Vor Harold liebte sie René, einen französischen Cellisten, und versuchte auszusehen wie Brigitte Bardot. »Ich sehne mich nach mehr *amour*, Juli. Ich möchte Frösche essen. Wir essen ab jetzt jeden Tag Frösche.« Dass René Vegetarier war, ignorierte sie. Damals reichte Karen Bordeaux und Pastis, seit Wladimir gab es Wodka.

Julis Bruder, Anton, sorgte sich ständig um die Mutter. »Mama ist eine Alkoholikerin.«

»Glaube ich nicht.«

»Und wie nennt man jemanden, der jeden Tag säuft? Außerdem ist ihr ganzes Verhalten unmöglich. Es wird immer schlimmer. Jetzt rennt sie herum wie eine Prostituierte und denkt, das sei russische Kultur. Das ist rassistisch.«

»Wladislaw findet es amüsant.«

»Sie macht sich lächerlich. Seit Jahren. Wir müssen etwas unternehmen.«

Juli nickte, aber sie unternahm nichts.

»Liebes, du siehst schlecht aus«, sagte Karen und führte ihre Tochter in den ehemaligen englischen *drawing room*, an dessen Wänden jetzt handgewebte Teppiche hingen.

»Setz dich, Kind. Es gibt Borschtsch.« Karen trippelte auf ihren vierzehn Zentimeter hohen Absätzen in die Küche und kam mit zwei Tellern Suppe zurück. In der roten Brühe schwammen schwarze Kügelchen.

»Was ist das, Mama?«

»Borschtsch.«

»Ich meine das schwarze Zeug.«

»Kaviar.«

»Passt das zusammen?«

Karen zuckte die Schultern. »Warum nicht? Iss, Kind. Das wird dir guttun.«

Es schmeckte eigenartig.

»Trink«, sagte Karen und griff nach dem Wodka, der allzeit bereit auf dem Tisch stand. »Trink und iss.«

Während sie die Flasche leerten, fand Karen die Antwort auf Griechenlands Schuldenkrise – »In Griechenland leben elf Millionen Menschen. Wenn jeder hundert Euro gibt und, sagen wir, jeder Wohlhabende tausend Euro und jeder, der wirklich reich ist, zehntausend, rechne das mal aus. Tata, Schulden bezahlt. Noch ein Gläschen?« – und brach eine Lanze für den Kapitän der Costa Concordia. »Also dieser arme Kapitän. Er wollte doch nur seinem guten, guten Freund auf der Insel winken. So sind die Italiener halt, so herzlich. Und was machen wir nur mit dir, Kind?«

»Nichts, Mama.«

»Du brauchst Hilfe.«

»Ich brauche keine Hilfe.«

»Und was tust du bitte den ganzen Tag?«

»Eine Menge. Verschiedenes ... Ich ... Ich schreibe wieder.«

»Du schreibst wieder?«

»Ja ... Nein. Ich habe eine Idee.«

Karen lächelte.

»Eine Taube«, sagte Juli.

»Eine was?«

»Eine Taube. Eine tote Taube.«

»Und was passiert mit der toten Taube?«

»Mal schauen.«

»Das klingt nicht besonders interessant, Liebes. Was du immer mit Tieren hast? Damals der Bär, jetzt eine Taube.« Karen seufzte. »Ich glaube, du hast Blockaden.«

»Mama, hör doch auf mit diesen Blockaden. Was sind denn überhaupt Blockaden? Ich habe keine Blockaden.«

»Was ist es dann? Warum...«

»Zweifel. Ich habe Zweifel.«

Karen verzog ihr Gesicht. »Zweifel? Aber das ist doch Blödsinn. Du hast Talent. Das stand in allen Zeitungen.«

»Es ist fünf Jahre her, dass sie etwas Nettes über mich geschrieben haben. Und es geht auch gar nicht darum, ob ich Talent habe oder nicht oder was irgendwelche Kritiker denken.«

»Worum geht es dann?«

»Ob ich überhaupt etwas weiß. Ob... ob ich etwas zu sagen habe.«

»Jeder hat etwas zu sagen!«

Juli betrachtete die schwarzen Klümpchen auf ihrem Löffel.

»Man kann die Erfahrung nicht früh genug machen, wie entbehrlich man in der Welt ist.«

»Du klingst depressiv, Liebes.«

»Das ist ein Zitat von Goethe.«

»Ich mache mir ernsthaft Sorgen.«

»Musst du nicht. Wirklich nicht. Mama?«

»Ja?«

»Wusstest du, dass Hummeln rückwärts fliegen können?«

»Nein.«
»Und dass Seepferdchen Fische sind?«
Karen schüttelte den Kopf.

Als Juli ihre Mutter verließ, dunkelte es bereits. Eigentlich hatte sie einen zweiten Blick auf die tote Taube werfen wollen, doch Suppe und Wodka rumorten in ihrem Magen. Also nach Hause ohne Umwege, vielleicht kotzen – und Jakob antworten.

Charles Lindbergh hatte drei Affären. Mit seiner Privatsekretärin. Mit einer Hutmacherin und mit der Schwester der Hutmacherin.

Die Zwergfledermaus erkennt Drähte von 0,28 mm Durchmesser aus mehr als einem Meter Entfernung.

Juli schloss die Wohnungstür auf und knipste das Licht an. Immer wenn sie die Hand auf den Schalter legte, erfasste sie ein seltsames Gefühl. Erwartung. Hoffnung, dass etwas sich in ihrer Abwesenheit verändert hatte, dass jemand in ihrem Bett lag oder die Wände plötzlich blau und nicht mehr weiß waren.

Aber die Wände waren weiß und niemand lag in ihrem Bett.

Juli lief ins Badezimmer, beugte sich über die Toilette, würgte, bis ihre Augen tränten. Der Kaviar war hartnäckig.

Also nicht kotzen. Also Jakob antworten …

Ich komme am 24. Mai.
Bist Du da?
Hoffe, alles gut bei Dir? – Jakob

Hallo Jakob
　Löschen.

Lieber Jakob
　Löschen.

Jakob,...
　Löschen.

Ich bin hier. Ich war nie weg. Ich bin immer hier.
　Löschen.

Jakob, ich habe Dir vor fünf Jahren mein Theaterstück ›Bruno‹ geschickt. Nach Nairobi. Du hast nie etwas dazu gesagt. Vielleicht hast Du es ja gar nicht bekommen? Vielleicht warst Du ja gar nicht mehr in Nairobi. Es war ein Erfolg. Und danach habe ich einen Gedichtband veröffentlicht, und das war kein Erfolg...
　Löschen.

Lieber Jakob,
wusstest Du, dass Hummeln rückwärts fliegen kön-

nen? Ich werde eine Geschichte über eine tote Taube schreiben. Hast Du mein Theaterstück gelesen? Ich habe es Dir vor fünf Jahren geschickt.

Löschen.

Ich bin hier.

Löschen.

Juli klappte das Laptop zu.

Einige Wochen nachdem Jakob damals verschwunden war, hatte sie eine E-Mail erhalten. Einen Gruß aus Nairobi. Keine Erklärung. Warum war er fort? Was machte er in Afrika?

Die kenianische Hauptstadt wurde für Juli zum Inbegriff all dessen, was sie nicht war. Eine Frau, die niemals vergaß, wann Napoleon Kaiser geworden war, und die stets etwas Interessantes zum Besten geben konnte. So wie Jakob.

»Juli, wusstest du, dass der amerikanische Schriftsteller Morgan Robertson vierzehn Jahre vor dem Untergang der Titanic einen Roman geschrieben hat, in dem ein Kreuzfahrtschiff nach einem Zusammenstoß mit einem Eisberg sinkt?«

»Nein.«

»Und rate mal, wie das Schiff hieß?«

»Keine Ahnung.«

»Rate.«

»Ich weiß es nicht.«

»Also gut: Titan.«

Jakob hatte immer eine Geschichte parat, aus seinem Leben, aus dem Leben anderer. Er kannte den Verlauf sämtlicher Kriege, konnte Künstler zitieren, Witze erzählen. Und Juli? Juli hörte zu, lachte, staunte. Manchmal schienen Jakobs Augen zu fragen: Und was hast du zu sagen? Meistens schwieg Juli. Vielleicht war es sein Blick, der alles in ihrem Hirn zu einem wortlosen Brei verschwimmen ließ.

Der Wikinger Rollo war angeblich so groß, dass ihn kein Pferd tragen konnte. Er musste...

Das Telefon klingelte.

»Liebes, ich habe das Ganze jetzt mal gründlich durchdacht.«

»Mama. Ich bin müde.«

»Ich versuche nur, dir zu helfen. Du solltest besser über etwas anderes schreiben. Nicht über eine Taube. Das mit dem Bären damals war ja sehr schön, aber Tauben? Hast du...«

Wärme durchströmte Julis Körper. Ein Vogel war vom Himmel gefallen. Zu ihren Füßen gestorben. Tauben bringen Botschaften.

»...dir mal überlegt, wie lächerlich Menschen in Tierkostümen aussehen?«

»Was?«

»Ein Theaterstück, in dem ein Vogel die Hauptfigur ist ... Ich meine, selbst wenn du ein Kind oder einen Liliputaner oder einen sehr, sehr kleinen Mann in ein Taubenkostüm steckst, es ist albern. Spricht die Taube? Zwitschert sie? Singt ...«

»Die Taube ist tot, Mama.«

»Erinnerst du dich an die singenden Katzen in Hamburg? Ich fand es fürchterlich, und du weißt, wie gerne ich Katzen mag. Habe ich dir erzählt, dass ich mir vielleicht eine anschaffen werde? Katzen sind ein bisschen wie Tiger. Nur dass ...«

»Mama, ich lege jetzt auf.«

Es war still. Juli ließ sich auf das Bett sinken, ohne die Sandalen auszuziehen. Ihr Blick fiel auf den Kleiderschrank, auf die Hälfte, die einst Jakobs Sachen beherbergt hatte. Dort lag noch immer seine Lieblingsjeans. Verwaschen, zerrissen, geflickt. Ihre Hoffnung und sich selbst hatte Juli an diese Hose geklammert. »Er ist nicht weg. Er würde niemals ohne dich gehen«, hatte sie der neben ihr auf dem Bett liegenden Jeans in den vielen schlaflosen Nächten zugeflüstert.

Dann kam die afrikanische E-Mail, und die Hose wurde in den Schrank verbannt.

Licht aus.

Juli wollte schreien oder weinen.

Zwei Zimmer. Weiße Wände. Und ein Stapel unbezahlter Rechnungen. Das war keine Tragödie.

Nein – es gibt Menschen, die haben nur ein Zimmer, gar kein Zimmer, keine Beine, schlimme Krankheiten, und Schulden hat sowieso jeder.

Stefan Zweig hat gesagt: »Wer einmal sich selbst gefunden hat, kann nichts auf dieser Welt mehr verlieren.«

Was ist mit denen, die sich nicht gefunden haben? Haben sie alles auf dieser Welt verloren?

Tag 2

Der Zahnarzt

Juli mochte den Moment des Erwachens. Den ersten Augenaufschlag.

Als Jakob noch hier wohnte, hatten sie jeden Morgen gemeinsam Kaffee getrunken, eine Stunde lang. Eine Stunde, in der er ganz ihr gehört hatte. Eine Stunde, in der Juli genug gewesen war.

Auch ohne ihn hielt sie fest an dem Ritual. Aber heute raubte der noch immer in Julis Magen rumorende Kaviar dem Morgen das Zeitlose. Das war der Zauber dieser sechzig Minuten. Sie standen außerhalb jedes Zusammenhangs. Befreit von allem Vergangenen, unberührt von Kommendem. Mehr Ort als Frist. Eine Bastion, zu der Zweifel keinen Zutritt hatten.

Juli goss den Kaffee in die Küchenspüle. Also duschen und der Welt begegnen.

Der Hofnarr von Tonga stahl seinem König 30,7 Millionen US-Dollar.

Tiefseekraken haben drei Herzen.

Die Taube lag an derselben Stelle wie am Tag zuvor. Unverändert. Erst als Juli in die Hocke sank, sah sie, dass jemand dem Vogel die Augen gestohlen hatte.

Wer tut so etwas?

Der Lauf der Dinge.

Vielleicht, überlegte Juli, sollte sie die Taube mit nach Hause nehmen. Aber der Lauf der Dinge machte wahrscheinlich auch vor einer massiven Holztür mit zwei Sicherheitsschlössern nicht halt.

Juli setzte sich auf den Boden, sie konnte nicht lange in der Hocke knien. Es gab vieles, was sie nicht konnte. Handtücher ordentlich falten, Schlittschuh laufen, Blumen trocknen, delphinschwimmen, nicht mal richtig brustschwimmen.

»Du siehst aus wie ein halbgelähmter Frosch. Wie eine mongoloide Robbe. Wie ein Rhinozeros auf Morphium.« Jakob, neben ihr im Wasser, fand immer neue Vergleiche für ihr Unvermögen, und dann lachten sie beide so heftig, dass Juli mehr als einmal fast ertrank.

Jeden Sommer von neuem. Nur in dem Sommer, in dem sie Bérénice begegneten, verging Juli das Lachen.

Es war an einem Augustnachmittag im Jahr 2004 am Lago di Bolsena. »Du siehst aus wie eine Flunder mit Tourette-Syndrom. Wie ein epileptisches Walross. Wie ein spastischer ...«

»Ein spastischer was?«, fragte Juli und schluckte eine Ladung Wasser.

Jakob antwortete nicht, starrte Richtung Ufer.

Eine Erscheinung.

Rötlich schimmerten ihre kinnlangen Haare, golden die Haut. Fast vollkommen, etwas fehlte.

Das Wesen glitt anmutig in den See. Wie ein Alligator mit Nixenblut, dachte Juli.

Noch ehe die Sonne unterging, waren sie Freunde – Jakob, Juli und Bérénice.

Den Abend verbrachten sie in einer Trattoria mit Seeblick.

Bérénice – sie war Tänzerin und halb Französin, halb Deutsche – sah fast vollkommen aus in ihrem langarmigen Kleid. Etwas fehlte. Ein eiserner Haken ersetzte ihre rechte Hand. Doch dieser Makel tat ihrer Schönheit keinen Abbruch. Vielmehr gab er der zarten Gestalt einen Hauch Brutalität, der sie nur noch interessanter machte.

Die Hand sowie drei Zehen hatte Bérénice bei einem Autounfall in Venezuela verloren.

»Ich war bewusstlos. Der Arzt wollte sofort amputieren – das Bein und den Arm. Tom, mein damaliger Freund, hat es verhindert. Er hat auf einer zweiten Meinung bestanden. Der andere Doktor war etwas vorsichtiger.« Sie hielt den stählernen

Haken hoch. »Dank Tom bin ich jetzt eine einhändige Tänzerin mit sieben Zehen und nicht eine einarmige und einbeinige.«

»Wäre ja auch gar nicht gegangen«, sagte Juli, die bis dahin geschwiegen hatte.

»Was wäre nicht gegangen?«

»Tanzen mit einem Bein.«

»Es wäre schwer gewesen.« Ein Lächeln. »Aber nicht unmöglich.«

Dann erzählte Jakob von seinem Unfall. Er war neun. Als er die Straße überquerte, hatte ein Lastwagen ihn erfasst. Koma. Niemand hatte geglaubt, dass er überleben würde, aber er hatte überlebt. Nur eine sichelförmige Narbe war zurückgeblieben.

Während er sprach und das Hemd aufknöpfte, um sein Wundmal zu präsentieren, sah er ausschließlich Bérénice an. Vielleicht, weil Juli die Geschichte bereits kannte, die Narbe so oft gesehen, so oft berührt hatte.

»Wir sind Überlebende«, sagte Bérénice und streichelte Jakobs Schulter mit der einzigen Hand, die sie hatte.

Straßenmusikanten betraten das Restaurant, spielten auf. Vielleicht kann eine Tänzerin nicht stillsitzen, wenn ein Lied erklingt. Anfangs erinnerten Bérénice' Bewegungen an *Schwanensee*, dann wurden sie schneller und wilder. Die Musik folgte dem

Rhythmus der Tänzerin. Leichtfüßig sprang sie auf den Tisch, Gläser klirrten. Das Publikum klatschte laut – am lautesten von allen Jakob.

In dieser Nacht konnte Juli nicht schlafen, vielleicht, weil sie zu viel Grappa getrunken hatte oder der Mond so hell schien.

»Jakob?«
»Mmmh.«
»Bist du wach?«
»Was gibt's?«
»Nichts.«
»Dann schlaf.«

Am nächsten Tag schwammen sie zu dritt im Lago di Bolsena.

»Du siehst aus wie eine behinderte Seekuh«, sagte Jakob.

Aber Juli lachte nicht. Vielleicht lag es an Bérénice' mitleidigem Blick.

»Wie ein …«

Juli holte tief Luft und tauchte unter.

»Ich muss jetzt los«, sagte sie zu der toten Taube. »Und du, mein Vogel, wartest hier.«

Einst genoss Dr. Lendler den Ruf eines ausgezeichneten Zahnarztes, doch vor einigen Jahren fingen seine Hände an zu zittern. Manchmal war es so schlimm, dass er seine Patienten, die von Monat zu Monat weniger wurden, unverrichteter Dinge nach Hause schicken musste. Juli hielt Lendler – er war mittlerweile fast siebzig – seit Kindheitstagen die Treue und suchte seine Praxis öfter auf, als ihre Zähne verlangten.

»Da ist ja meine Lieblingsdichterin«, sagte der Arzt und drückte Julis Rechte. Dr. Lendler hatte *Bruno* viele Male gesehen und gehörte zu den wenigen Menschen, die Julis Gedichtband nicht nur gekauft, sondern auch gelesen hatten. Er konnte aus dem Büchlein, das von Publikum und Presse gleichermaßen verschmäht worden war, sogar zitieren.

»Schmerzen?«, fragte er.

Kopfschüttelnd ließ sie sich in den Zahnarztstuhl fallen.

»Kummer?«

»Irgendwie ja.«

»Also unterhalten wir uns.«

Einige Sekunden herrschte Stille.

»Eine Taube ist vom Himmel gefallen und zu meinen Füßen gestorben.«

»So, eine Taube? Hat sie eine Botschaft überbracht?«

»Ich weiß es nicht.«

»Hast du gesucht?«

»Nein.«

Dr. Lendler lächelte. »Dann ist ja noch nichts verloren. Du …«

»Jakob hat geschrieben«, sagte Juli, ehe der Arzt seinen Satz beenden konnte.

»Dein Jakob?« Seine zitternde Rechte drückte sanft Julis Arm.

»Ja. Er kommt. Ich … Ich habe so lange darauf gewartet. Juli und Jakob, das war ein Versprechen.«

»Und er hat es gebrochen«, sagte der Arzt.

»Ja. Auf einmal war er weg. Wochen später die E-Mail aus Nairobi.«

»Ohne eine Erklärung.« Der Doktor kannte die Geschichte.

»Ohne eine Erklärung«, fuhr Juli fort. »Ich wollte so viel fragen, so viel sagen, doch …«

»Du hast keine passenden Worte gefunden.«

Juli nickte. »Das Theaterstück … Es war nicht mehr als ein langer Brief, den ich ihm nicht habe schreiben können.«

»Vielleicht sind die meisten Geschichten lange Briefe. Verwandelt. Die Gabe der Dichter. Sie können Schönes und Schreckliches in Geschichten verwandeln.« Dr. Lendler grub seine bebenden Hände in die Kitteltaschen. Zwei Springmäuse, gefangen in weißer Baumwolle.

»Manchmal weiß ich einfach nicht, wie ich – wie ich weitermachen soll. Was … Wie …«

»Weitermachen«, sagte er. »Einfach weitermachen.«

»Ist das die Lösung?«

»Meine liebe Juli, die Lösung?« Der Doktor lachte. »Das kann ich dir nicht sagen. Es ist eine Möglichkeit.«

Winzige Wellen schlugen die versteckten Hände.

Beide hingen ihren Gedanken nach.

»Wussten Sie, dass Hummeln rückwärts fliegen können?«, brach Juli das Schweigen.

»Ja.«

»Haben Sie schon mal eine Hummel rückwärts fliegen sehen?«

Er überlegte einen Moment. »Nein, ich glaube nicht.«

»Ich auch nicht«, sagte Juli und stand auf.

Dr. Lendler geleitete sie zur Tür.

Niemand saß im Wartezimmer.

»Weitermachen«, flüsterte Juli.

»Weitermachen«, antwortete der Arzt.

Keiner hatte ihre Wände blau gestrichen. Sie schaltete den Computer an.

Juli,
hast Du meine E-Mail gelesen?

Wo bist Du?
Ich komme am 24. Mai. Ich würde Dich gerne sehen.
Antworte mir.
Jakob

Lieber Jakob,
erinnerst Du dich noch an Bérénice, die Tänzerin mit dem Piratenhaken?
Irgendetwas ist in diesem Sommer mit mir geschehen. Ich…
Löschen.

Ist es nicht seltsam, dass ich mich nicht an meinen ersten Kuss erinnern kann, aber an meine erste schlaflose Nacht?
Löschen.

Ich habe meine schlaflosen Nächte in eine Geschichte verwandelt. Hast Du sie gelesen?
Löschen.

Du fragst mich, wo ich bin? Wo ICH bin?
Wo warst Du?
Löschen.

Juli öffnete die Schreibtischschublade. Sie musste nicht lange suchen. Das Foto war abgegriffen, links unten leicht eingerissen.

Ein Morgen am Lago di Bolsena.

Jakob und Juli tranken Kaffee auf dem Balkon ihrer Ferienwohnung. Eine Stunde, in der er ganz ihr gehörte.

»Was hältst du von einem Ausflug?«
»Wohin?«
»Wohin wir wollen.«
»Perfekt.« Sie applaudierte. »Ja. Perfekt.«
»Ich sag schnell Bérénice Bescheid.«

Ein letztes Mal schlugen Julis Hände zusammen.

Das Autoradio hatte die Fahrt nach Italien nicht überlebt, das Tape steckte fest. Manchmal sprang das Kassettendeck unvermittelt an, und dann sangen T. Rex *Cosmic Dancer*.

Juli hatte die Kassette für die Reise aufgenommen.

Seite A:

Cosmic Dancer, Cosmic Dancer, Cosmic Dancer, Cosmic Dancer, Cosmic Dancer, Cosmic Dancer, Cosmic Dancer, Cosmic Dancer, Cosmic Dancer.

Seite B:
Cosmic Dancer, Cosmic Dancer, Cosmic Dancer, Cosmic Dancer, Cosmic Dancer, Cosmic Dancer, Cosmic Dancer, Cosmic Dancer, Cosmic Dancer.

»Wie oft noch?«, hatte Jakob entnervt gefragt, als sie bereits in Bozen waren.
»Oft.«
Und dann hatte er gelacht, während Juli lauthals mitsang: »*I was dancing when I was twelve…*«

»Oh, nein«, sagte Bérénice, als Juli ihr den Beifahrersitz anbot, »das ist dein Platz.«
»Aber deine Beine sind viel länger.«
Der Ford Granada rollte durch das Lazio. Alle Fenster waren heruntergekurbelt. Der Fahrtwind verunmöglichte es Juli, der Unterhaltung zu folgen. Sie beugte sich vor, um besser hören zu können, doch auch so drangen nur Wortfetzen an ihre Ohren. Wann immer Jakob und Bérénice lachten, lächelte sie, bis ihr eigenes Lächeln sie traurig machte.
Juli lehnte sich zurück. Hügellandschaften und Berge zogen vorbei.
»Da sind Schafe«, rief sie.
»Was hast du gesagt?«
»Schafe.«
»Was?«

»Da waren...«

Marc Bolans Stimme ließ Juli verstummen.

»I was dancing when I was twelve.«

Fremd klangen die vertrauten Töne von T. Rex.

»I was dancing when I was twelve.«

Bérénice hauchte Julis Melodie eine neue Geschichte ein. *»I danced myself right out the womb. I danced myself righ...«*

Ebenso plötzlich, wie es erwacht war, fiel das Autoradio zurück in seinen unberechenbaren Schlaf. Jetzt sang nur noch Bérénice. Inbrünstig, jeden Ton treffend. *»Is it strange to dance so soon?«*

»Schnauze«, sagte Juli, es hörte sie ja doch keiner.

»Was?«, fragte Jakob.

»Is it strange to dance so soon?«, flötete die Tänzerin.

»Da waren Schafe.«

»Schafe?«

»I was dancing when I was eight.«

»Ja. Eine ganze Herde.«

»Ich liebe diesen Song«, sagte Bérénice.

»Cosmic Dancer«, sagte Jakob.

»Ich kotze«, sagte Juli, es hörte sie ja doch keiner.

»Was?«

»Und Kühe.«

In Civita Castellana spazierten sie durch die auf

einem Felsplateau gelegene Altstadt und kehrten später in dem einzigen Straßencafé ein, das geöffnet war. Zwei Deckenventilatoren kämpften gegen die Sommerhitze. Fliegen zogen ihre Kreise. Es gab Pistazieneis, Espresso und Martinis.

Das Gespräch wanderte von Italien Richtung Zukunft. Bald würde Bérénice nach London reisen, um mit einem befreundeten Autor ein Drehbuch zu schreiben.

»Wovon wird es handeln?«

»Von einer Tänzerin aus Europa, die in Venezuela bei einem Autounfall ihre Hand verliert.«

»Und drei Zehen?«

Bérénice überging Julis Kommentar.

Nach einer weiteren Runde Martinis holte Jakob seinen Fotoapparat aus dem Rucksack.

Juli und Bérénice.

Bérénice ohne Juli.

Juli ohne Bérénice.

Dann machte Bérénice Bilder, und schließlich griff Juli nach der Kamera.

Jakob.

Bérénice.

Sie rückten die Stühle zusammen.

»Und lachen«, rief Juli.

Nur die Oberkörper der beiden waren hinterher auf dem Bild zu sehen, doch der Fotografin war nicht entgangen, dass Bérénice' Fuß sich an Jakobs Bein schmiegte. So absichtlich. So zärtlich.

Nach dem Urlaub hatte Jakob die Tänzerin nie wieder erwähnt. Er schien sie vergessen zu haben.

Oscar Wilde hat gesagt: »Etwas, worüber man nicht redet, ist gar nicht geschehen. Nur das Wort gibt den Dingen Realität.«

Tag 3

Die Nachbarn

»König Gustav III. hat einst ein Experiment zur Untersuchung der Gefährlichkeit von Kaffeekonsum durchgeführt. Die Testpersonen waren eineiige Zwillinge, beide zum Tode verurteilte Verbrecher. Ein Zwilling musste viel Kaffee, der andere viel Tee trinken. Und rate mal, was geschah? Los, rate.«

Die Kaffeemaschine antwortete nicht.

»Also gut: Die Brüder überlebten sowohl zwei Mediziner, die das Experiment überwachen sollten, als auch den König selbst. Schließlich starb der Teetrinker zuerst. Er war 83 Jahre alt.«

Die Geschichte hatte ihr Jakob erzählt.

Jakob... Nein, nicht den Computer anschalten. Kaffee trinken. Frieden. Mit 83 sterben.

Juli schenkte sich eine Tasse ein. Mehr noch als den Geschmack liebte sie den Duft von frisch gebrühtem Kaffee.

Es gibt Schmetterlingsarten, die in der Lage sind, auf ein bis zwei Moleküle eines bestimmten Geruchsstoffes zu reagieren. Vielleicht schwirrten in Julis

Wohnung noch ein oder zwei Moleküle von Jakob umher? Wäre sie ein Schmetterling...

Es klopfte an der Tür. Zaghaft – lauter – dann ertönte die Klingel.

Klopfen, Klingeln, Tritte.

»David, hör auf.« Sie rannte Richtung Tür und öffnete.

»Ich bin's«, sagte David.

»Du oder die Gestapo. Die Gestapo gibt es nicht mehr, also...«

»Ich dachte, du hörst mich nicht. Riecht nach Kaffee. Kann ich...«

»Komm rein.«

Er folgte ihr in die Wohnung und ließ sich auf das Sofa fallen. Seine Linke umklammerte die Henkel einer Plastiktüte.

David war ein Saison-Junkie – seine Freundin Vanessa hatte ihn so getauft. Rausch, Entziehungskuren und Kurzaufenthalte in der Geschlossenen wechselten mit abstinenten Phasen. Regelmäßig wie die Jahreszeiten, nur die Drogen änderten sich.

So sicher, wie er clean einen neuen Job fand, verlor er ihn auch wieder, sobald er einer neuen Sucht frönte. Seine Karriere als PR-Berater hatte bei einem Onlinemagazin begonnen, seine Drogenkarriere mit Special-K.

Juli reichte ihm eine Tasse Kaffee. Er nahm sie mit

der rechten Hand entgegen, die andere bewachte die Plastiktüte.

»Ich wollte dich was fragen, Juli.« Schweißperlen kullerten über seine Stirn, die blutunterlaufenen Augen zuckten rhythmisch.

»Ja, was willst du mich fragen?«

»Ähm ... ich ... Was hältst du von Frau Mahlzahn?«

»Frau Mahlzahn?«

»Ja, die Drachen-Tussi aus *Jim Knopf*. Du schreibst doch. Ich meine ... ich wollte wissen, was ... also was ein Profi so über Frau Mahlzahn denkt. Ist ja ein Buch, ein Puppen-Theaterstück-Kinderbuch. Die wilde 13. Lummerland und so.« Er lachte kurz auf.

»David?«

»Ja?«

»Deshalb bist du hier?«

Er biss sich auf die Lippe. »Unter anderem. Und ich wollte ...« David stellte den Kaffee auf den Tisch und griff in die Plastiktüte. »Willst du den hier vielleicht kaufen?« Er strich zärtlich über das schwarze Wildleder.

»Einen Schuh?«

»Ist ein besonders schöner Schuh. Der linke. Größe 39.«

»Wo ist der rechte?«

»Keine Ahnung. Ist schön, oder?«

»Wirklich schön«, sagte sie.

»Fünfzig Euro?«

»Ach Mann, David, ich bin wirklich, wirklich pleite.«

»O.K. Dreißig. Dreißig ist ein guter Preis.«

Juli stand auf und holte ihr Portemonnaie. Sie leerte es aus und zählte. »Ich habe 26 Euro.«

»26 ist ... auch gut.«

Zwei Scheine und ein paar Münzen wechselten den Besitzer.

»Danke«, sagte er und überreichte Juli den Schuh.

»David, behalt ihn.«

»Auf gar keinen Fall. Der gehört jetzt dir.«

»Ich brauche ihn nicht. Was soll ich mit einem Schuh?«

»Bitte. Ich bestehe darauf.«

Juli nahm den Schuh, wiegte ihn wie ein Kätzchen. »Ist wirklich schön.«

»Ich muss jetzt los«, sagte David und stopfte das Geld in die Plastiktüte. »Juli?«

»Ja?«

»Danke.« Mit gesenktem Haupt marschierte er davon.

»David!«

Das eine Bein schon im Flur, drehte er sich um.

»Ich liebe Frau Mahlzahn«, rief Juli. »Kinder müssen lernen, lernen, lernen!«

»Und wenn sie nicht lernen, dann gibt es Hiebe! Hiebe! Hiebe!«, hallte es zurück.

Dann knallte die Tür ins Schloss.

Als Juli und Jakob damals in das Haus einzogen, hatte David, der mit Vanessa zwei Etagen tiefer wohnte, bereits seine erste Entziehungskur hinter sich.

Nichts verriet den Ex-Junkie, nichts verriet zukünftige Rückfälle. David mochte seinen Job, liebte seine Freundin. Er ging aus – in Maßen –, war ein leidenschaftlicher Tennisspieler, lustig und intelligent.

Eines Tages pochte David an ihre Tür und fragte, ob Juli oder Jakob seine Plattensammlung kaufen wollten.

Das Verlangen nach Opium währte ein halbes Jahr. Klinik. Neuer Job.

Frühling, Sommer, Herbst und Winter, wieder Frühling. Codein-Tabletten, kombiniert mit Johnny Walker und Gras.

Klopf. Klopf. Klopf.

Tennisschläger?

Nein.

Ein Kofferset?

Nein.

Flossen, oder ein Autogramm von Lee Marvin?

Nein.

Juli hatte Mitleid und kaufte ihm einen gebrauchten 49-Euro-DVD-Player für 90 Euro ab.

Jakob flippte aus. »Du hilfst ihm damit kein Stück. Du finanzierst seine Sucht.«

Juli wusste, dass Jakob im Prinzip recht hatte, natürlich. Doch sie wusste auch, dass das nicht die ganze Wahrheit war.

»Er ... Niemand kann aus seiner Haut.«

»Juli, was redest du da für einen Schwachsinn. Wirklich? Das ist dein Argument? ›So ist er halt.‹ ›So bin ich halt.‹ So kann man jedes asoziale Verhalten rechtfertigen, ja?«

»Nein ... Ich meine ...«

»Was meinst du?«

»Dass man nicht aus seiner Haut kann.«

Eine Januarnacht.

Vollgekotzt, mit halbgeschlossenen Augen, fand Juli David im Treppenhaus.

»Komm, steh auf. Ich bring dich in deine Wohnung.«

Er schüttelte den Kopf.

»David, es ist kalt.«

»Morgen ist Schluss. Morgen lass ich mich einweisen.« Er legte seine Hand auf ihren Arm. »Kannst du ein paar Minuten bei mir bleiben?«

Juli setzte sich neben ihn, versuchte den Geruch nach Erbrochenem zu ignorieren.

»Morgen. Und dann bin ich wieder David, bis ich… Es wird nicht aufhören.« Er lächelte. »Es gibt immer David, und David, der David beobachtet. Und der David, der David beobachtet, ist nie zufrieden mit David. Ich möchte tanzen, mich selbst vergessen, aber der andere David lässt das nicht zu. Nur wenn ich… dann schweigt er für eine Weile.«

»Verstehe.«

»Ja?«

»Irgendwie ja.«

»Und du, Juli? Tanzt du? Kannst du dich selbst vergessen?«

Sie zuckte mit den Schultern.

»Aber du kennst dieses Verlangen? Einfach… Einfach frei sein zu wollen? Für ein paar Stunden, Augenblicke.«

»Ja.«

Humpelnd durchschritt Juli das Wohnzimmer.

Roy C. Sullivan wurde acht Mal vom Blitz getroffen und überlebte. Er starb mit 71… Wahrscheinlich Selbstmord.

Der Wildleder-Stiletto war zu groß. Doch selbst wenn er gepasst hätte – was macht man mit einem Schuh?

Am 27. August 1896 fand der Britisch-Sansibarische Krieg statt. Er dauerte 38 Minuten.

Ein zaghaftes Klopfen.

Vanessa.

Auch sie bekam eine Tasse Kaffee. Lauwarm.

»Hat er …« Sie deutete auf Julis Fuß. »Kann ich den zurückkaufen?«

»Deiner?«

»Ja.«

»Hier«, sagte Juli und drückte ihr den Schuh in die Hand.

»Wie viel?«

»Nichts.«

»Das ist nett von dir. Wirklich …« Tränen rollten über Vanessas Wangen. »David singt, seit Tagen: Eine Insel mit zwei Bergen und dem tiefen weiten Meer … diese eine Zeile, immer und immer wieder.«

»Mit viel Tunnels und Geleisen und dem Eisenbahnverkehr.«

»Was?«

»So geht es weiter … Das Lied.«

Vanessa wischte sich die Tränen aus dem Gesicht. »Darf ich bei dir bleiben?«

»Bei mir?«

»Nur heute. Ich will nicht zurück. Nicht jetzt. Nachher. Später.«

Ein schwarzer Käfer krabbelte über das zerzauste Gefieder.

»Sie ist vom Himmel gefallen. Zu meinen Füßen gelandet. Sie ... Sie hat mich gefunden.«

»Juli, nimmst du auch irgendwelche Drogen?«

»Nein. Ich ... Ich bin ... Jakob kommt.«

»Jakob? Dein Jakob?«

»Ja.«

»Das Arschloch.«

»Ist er das?«

»Jakob ist abgehauen, ohne dir zu sagen, warum oder wohin.«

Juli nickte geistesabwesend.

Sie waren beide betrunken. Es ging um Harry Potter, um die Einteilung der Häuser. Juli hatte gemeint, dass der sprechende Hut sie nach Gryffindor schicken würde, da ihre vorherrschende Charaktereigenschaft Mut sei.

»Ach Juli, meine liebste Juli, du bist nicht mutig«, hatte Jakob gesagt und gelacht.

»Bin ich doch.«

»Wann hast du jemals etwas Mutiges getan?«

»Hör auf zu lachen.«

»Dir fällt nichts ein, oder?«

Er hatte recht, ihr fiel nichts ein, nichts Konkretes jedenfalls. Aber sie war mutig – jeden Tag.

»Sag ich doch«, unterbrach er ihre Gedanken.
Am nächsten Morgen kaufte Juli ein Zelt.
»Ich werde es dir beweisen«, sagte sie zu Jakob.
»Du gehst zelten? Ach, Juli …«
»Bruno.«
»Was?«
»Der Braunbär, der in Bayern und Österreich gesichtet wurde.«

Sie hatte es vor ein paar Tagen in der Zeitung gelesen. Jetzt hatte man sogar ein finnisches Team von vier Bärenjägern losgeschickt, um Bruno zu fangen.

»Was hast du vor?«
»Mutig sein. Den Bären fangen.«
»Manchmal spinnst du wirklich. Das ist noch gestörter als Atlantis.«

Am Abend stieg Juli in den Zug. München Hauptbahnhof. Fast fünf Stunden warten. Anschlusszug. Im Morgengrauen erreichte sie Garmisch-Partenkirchen.

Die erste Nacht verbrachte sie im Hotel Schatten.

Frühstück.

Dann schnürte sie ihren Rucksack zu.

Proviant: zwei Flaschen Wasser. Sechs Snickers und eine Packung Chips.

Reservekleidung: Zwei Unterhosen, Wollsocken, ihre Winterjacke, ein T-Shirt.

Rucksack und Zelt geschultert, marschierte sie los.

Bergauf, bergauf.

Sie schwitzte, sie keuchte.

Ein Bach. Sie machte Rast. Hielt ihre Füße in das kühle Nass.

Hier würde sie ihr Zelt aufschlagen.

Es dunkelte. Sie aß ein Snickers. Das Iglu wollte sich nicht aufrichten, also legte sie sich auf den blauen Stoff und deckte sich mit ihrer Jacke zu. Über ihr Millionen Sterne.

Vielleicht würde Bruno auftauchen. Vielleicht.

Es war still. Wahrhaft große Dinge werden aus der Stille geboren – wer hatte das gesagt?

Einen weiteren Tag und eine weitere Nacht kampierte sie am Ufer des Baches. Bruno zeigte sich nicht.

Bergab, bergab.

Hast du den Bären gefangen?, würde Jakob fragen.

Nein, aber ich kann dir von der Stille erzählen. Ob ich mutig war, Jakob? Auf meine Weise. Ja, auf meine Weise bin ich jeden Tag mutig.

Sie schloss die Wohnungstür auf.

Jakob war nicht da, und Jakob kam nicht zurück.

»Was will er jetzt?«, fragte Vanessa.
»Keine Ahnung.«
»Und was hat die Taube damit zu tun?«
»Ich möchte über sie schreiben. Sie ist gestorben, kurz nachdem ich Jakobs E-Mail bekommen habe.«
»Ein Zeichen?«
»Vielleicht. Glaubst du an Zeichen?«
»Weiß nicht.«

Die zwei Frauen starrten die Taube an. Hätte der tote Vogel einen einzigen Laut von sich gegeben, alles wäre gut geworden. Alles wäre richtig gewesen. Doch nur eine lachende Kinderschar in der Ferne war zu hören.

»Ich habe irgendwann eine Dokumentation gesehen«, erzählte Vanessa. »Über einen Mann, Philippe, er heißt Philippe. Nach einem Unfall wurden ihm beide Beine und Arme amputiert. Er hat den Ärmelkanal durchschwommen. Ohne Beine, ohne Arme. Jeden Tag vollbringen Menschen Unglaubliches … Und ich, ich hoffe einfach, dass es besser wird. Ich warte. David … Ich meine, ich will nicht den Ärmelkanal durchschwimmen, aber …«

»Verstehe«, sagte Juli.

»Kennst du das auch, dieses Gefühl, dass man seine Zeit verschwendet. Dass man etwas tun muss, etwas ändern muss, aber keine Ahnung hat, wie?«

»Ja.«

An diesem Tag änderten sie nichts. Sie saßen auf dem Boden und warteten.

Worauf? Das wussten sie selber nicht.

Vielleicht war es Zeitverschwendung. Die tote Taube. Die untergehende Sonne. Ein paar Sterne am Himmel. Das Rauschen der Gedanken.

»Kannst du mit reinkommen?«, fragte Vanessa, als sie vor Davids und ihrer Wohnungstür angelangt waren.

Mitten im Wohnzimmer, auf einem grünen Schlafsack, lag David. Die Augen starr zur Decke gerichtet.

»Wo sind eure Möbel?«, fragte Juli leise.

»Verkauft«, sagte Vanessa.

David wandte den Kopf in ihre Richtung und lächelte. »Ich habe uns ein Schiff gebaut«, verkündete er. »Wir segeln davon, und Juli nehmen wir mit. Und einen Hund und Giraffen. Ich habe eine Arche gebaut. Wie Noah.«

»Scheiße«, flüsterte Vanessa. »Verdammte Scheiße.« Ihr Körper verkrampfte sich. Ein Wimmern erklang, laut und immer lauter.

»Weine nicht. Bitte weine nicht. Morgen gehe ich in die Klinik, und dann bin ich wieder David. Aber heute... Heute bin ich Noah. Ja, vielleicht Noah. Du magst doch Giraffen? Komm, komm steig ein. Du auch, Juli.«

David hievte sich hoch, machte Platz auf dem grünen Stoff.

»Ich kann nicht, ich muss los«, sagte Juli, während Vanessa sich zu ihrem Freund legte. »Ich wünsche euch eine gute Reise. Ich schwimme hinterher, später.«

»Ärmelkanal«, rief Vanessa ihr nach. »Wir durchkreuzen den Ärmelkanal.«

Juli brauchte das Licht im Treppenhaus nicht anzuschalten, jede Stufe war ihr vertraut.

Das Bett leer. Die Wände weiß.

Im Grönländischen reichen die Zahlen nur bis 12. Will man höher zählen, verwendet man dänische Zahlen.

Drei Tasten. Passwort. 19 neue Nachrichten. Und eine von Jakob.

Liebe Juli,
warum antwortest Du nicht?
Ist was passiert? Melde Dich.
Jakob

Lieber Jakob,
ist was passiert? Jahre sind passiert!
   Löschen.

Juli schloss ihr Postfach. »www.shopforever.de« tippte sie in die Suchleiste.

Index, ausziehbares Sofa
75,90 Euro
In den Einkaufswagen.

Esstisch, Kiefernholz, neu
36,00 Euro
In den Einkaufswagen.

Zur Kasse.

Einloggen.

Diese 2 Artikel verschenken. Ja.

Danke für Ihren Einkauf.

Weiter shoppen. Ja.

Niedliches Kissen in Schnabeltierform: 100 % Polyester
27,99 Euro.
In den Einkaufswagen.

Das Schnabeltier gehört zu den Kloakentieren. Und ist von allen Säugetieren am wenigsten mit dem Menschen verwandt.

> Casadei Sandalen: Obermaterial: Leder, Absatzhöhe: 10 cm.
> 196,00 Euro
> **In den Einkaufswagen.**
>
> **Zur Kasse.**
>
> Einloggen.
>
> **Diese 2 Artikel verschenken:** Nein.

Ausgaben heute: 335,89 Euro
Einnahmen seit Längerem: 00,00 Euro

Rainer Maria Rilke hat gesagt: »Es ist manchmal gut, die Sorgen so zu behandeln, als ob sie nicht da wären; das einzige Mittel, ihnen die Wichtigkeit zu nehmen.«

Tag 4

Der Agent

Ist was passiert?
Kurz vor dem Einschlafen, Julis Gedanken kreisten friedlich um das Schnabeltier, begannen Jakobs Worte in ihren Ohren zu summen und hielten sie wach.

Ist was passiert?
Weder die aufgehende Sonne noch die erste Tasse Kaffee vermochten dem Geflüster in ihrem Kopf Einhalt zu gebieten.

Ist was passiert?
Es übertönte das Stimmengewirr in der U-Bahn. Begleitete sie bis in das Büro ihres Agenten Gustav Singer.

»Komm rein«, rief Gustav, ehe sie sich bemerkbar gemacht hatte.

Er war ein Zauberer. Er konnte durch Türen und in Herzen sehen.

Lange Zeit hatte nichts in Gustav Singers Leben darauf hingedeutet, dass er es der Literatur widmen würde.

Zwei Lieben hatte er: Eine Kawasaki Ninja GPZ

900 R und Rita, eine rotblonde Kassiererin. Beide verlor er innerhalb eines einzigen Tages und einer unglückseligen Nacht.

Die Kawasaki verendete nachmittags im Straßengraben neben der Landstraße, ein Krankenwagen brachte Rita in die Klinik. Als der Morgen graute, war sie tot.

Was macht man, wenn alles, was man geliebt hat, plötzlich nicht mehr da ist?

Gustav hörte auf zu sprechen, beantwortete keine Briefe, keine Telefonate.

Die Luft, die er atmete, ekelte ihn an. Er hasste es, aufzuwachen, er hasste es, einzuschlafen. Er hasste den Sommer, den Winter. Musik, Gelächter, alles war ihm zuwider.

Und dann hörte er auf zu hassen. Übrig blieb eine Leere. Nichts. Nichts. Nichts.

Vielleicht wäre es immer so weitergegangen, vielleicht hätte Gustav sich schon bald eine Kugel durch die Schädeldecke geschossen, aber es kam anders.

Gustav, damals ein Mann von Mitte dreißig, entdeckte an einer Bushaltestelle eine herrenlose Schultasche.

Zuerst wollte er weitergehen. Warum sich damit rumschlagen? Aber irgendetwas an diesem Donnerstag zwang ihn anzuhalten. Auf der Suche nach dem Namen des Besitzers durchforstete Gustav den

Ranzen. Hefte, Taschentücher, ein Federmäppchen, ein Buch. Er begann zu lesen, Seite für Seite. Holden Caulfield, eine Fiktion, zündete ein winziges Feuer in dem Nichts.

Er las. Hunderte, Tausende Bücher. Seine Versuche, selbst zu schreiben, gab Gustav bald auf und gründete eine Literaturagentur.

»Ich schreibe wieder«, sagte Juli und ließ sich auf einen blauen Sessel fallen. »Ich meine, ich werde schreiben… Über eine Taube. Und dann zahle ich dir alles zurück.«

Nachdem Julis Theaterstück ein großer Erfolg gewesen war – 38 deutsche Bühnen nahmen es in ihr Programm auf, das Feuilleton sang einstimmig Lobeshymnen –, erhielt sie ein hochdotiertes Stipendium. 15 000 Euro. Die Bedingung: 24 Monate später ein neues Theaterstück. 18 Monate lang verwaltete Juli ein leeres Word-Dokument mit dem Titel *Nr. 2* auf ihrem Desktop. Die Abgabe rückte näher. Eines Nachts, getrieben von Panik und Gewissensbissen, griff Juli nach einem schwarzsamtenen Notizbuch und einem Bleistift und schrieb 51 Gedichte.

Die Stiftung verlangte ihr Stipendium zurück. Ein Großteil des Geldes gab es nicht mehr, zumindest nicht auf Julis Konto. Gustav Singer zahlte Julis

Schulden und bemühte sich, einen Verlag für die 51 Gedichte zu finden. Tatsächlich erschien der Band *Atlantis*, in einer winzigen Auflage. Das Echo der Presse war leise und zynisch.

»Das Geld ist unwichtig.« Gustav lächelte. »Erzähl mir lieber von der Taube.«

»Sie ist vom Himmel gefallen und gestorben.«
»Und dann?«
»Dann...« Juli verstummte, es sauste wieder in ihren Ohren: *Ist was passiert? Ist was passiert?*
»Juli, sprich«, forderte Gustav. »Was ist los? Was ist passiert?«
»Was hast du gesagt?«
»Was ist passiert, Juli? Etwas stimmt doch nicht.«
Sie zuckte zusammen.
Ist was passiert?
»Antworte mir. Was ist passiert?«
»Ich... Ich muss jetzt gehen.« Sie stand auf. »Ich ruf dich an.«
»Juli, warte. Was...«
Aber Juli rannte schon hinaus.
Ist was passiert? Was ist passiert? Ist was passiert?

2005
Insekt des Jahres: Steinhummel
Spinne des Jahres: Zebraspringspinne

2005

Die Hochzeit von Sebastian und Isabel.

Zwei Tage lang besetzten Freunde und Familie ein Schweizer Bergdorf. Tranken und aßen sich um den Verstand.

Es war Sommer.

»Schön schaust du aus«, sagte Jakob, als sie das Hotelzimmer verließen. Julis Kleid war violett und ein wenig zu lang.

Glocken läuteten. Vollgestopft die kleine Kirche.

Das Brautpaar sagte ja. Am Ende der Zeremonie sang die Gemeinde *Amazing Grace*, das hatte sich Isabel so gewünscht, es klang fürchterlich.

Ein Garten, 112 Gäste, runde Tische, acht Personen pro Tisch. Statt Wein wurden Mojitos und Daiquiris gereicht, Hemingways Lieblingsgetränke, das hatte sich Sebastian so gewünscht.

Hors d'œuvre.

Juli ließ die Austern unter den Tisch fallen, das erschien ihr höflicher, als sie unberührt zurückzugeben.

Ein zweiter Mojito. Drei Garnelen wanderten in Julis Handtasche.

»Was machst du da?«, flüsterte Jakob ihr zu.

»Ich mag keine Garnelen.«

Er lachte.

Der Vater des Bräutigams hielt eine Rede, angenehm kurz.

Als das Rindfleisch serviert wurde, war die Hälfte der Gäste, dank Sebastians Vorliebe für Hemingway und Hemingways Vorliebe für Rum, bereits betrunken.

Noch mehr Reden. Dessert. Musik und Tanz.

Juli drehte sich auf dem Parkett, stolperte über das etwas zu lange Kleid. Jakob hielt sie fest.

»Das ist eine verzauberte Nacht«, sagte Juli.

»Eine verzauberte Nacht?«

»Klingt das kitschig?«

Jakob lachte. »Ein bisschen.«

»Dann schau nach oben.«

Die Milchstraße zeigte sich in ihrer vollen Pracht.

»Das ist schon verdammt schön«, sagte er.

Juli wankte zur Bar. Jakob folgte ihr.

Daiquiri.

»Bist du sicher?«, fragte er. »Willst du nicht lieber ein Glas Wasser?«

»Nein. Auf Hemingway.«

»Auf Hemingway.« Das Kristall klirrte. »Gib Bescheid, falls du kotzen musst«, sagte Jakob.

»Mach ich.«

Die freien Hände ineinander verschlungen, hockten sie auf einem der runden Tische und betrachteten die Milchstraße.

Eine Gestalt kam auf sie zu.

»Juli und Jakob«, hallte es.

Umarmungen, Küsse.

Marions Kleid war ein wenig zu kurz.

»Wie war Paris?«

»Unbeschreiblich.« Aber es ließ sich doch beschreiben. Ausführlich berichtete Marion von ihrem Auslandssemester an der Sorbonne.

Eine neue Liebe – Thierry, 34 Jahre alt.

Eine neue Leidenschaft – Fotografie.

Ein neues Idol – Anne Morrow Lindbergh.

»Wer?«, fragte Juli.

»Anne Morrow Lindbergh«, antworteten Jakob und Marion wie aus einem Mund. »Die Frau von Charles Lindbergh.«

»Was hat sie mit Paris zu tun?«

»Nichts.«

»Aha.«

»Anne war die erste Frau in den Vereinigten Staaten mit einem Segelflugschein«, erklärte Marion. »Sie war Charles' Copilotin bei seinen Forschungsflügen. Und sie hat Bestseller geschrieben.«

»Du willst fliegen lernen? Oder schreiben?«, fragte Juli verwirrt.

»Nein. Diese Frau ist einfach inspirierend. So muss man leben, mutig und entschlossen, dann kann man alles erreichen.«

Gabriel kam im Zickzack auf sie zugelaufen. Hemingway hatte auch ihn abgefüllt. Er bremste, lehnte sich an den Tisch.

»Guckt euch den verfickten Himmel an. Sterne. Sterne. Oktillionen Sterne. Eines Tages werde ich sie alle zählen.«

»Du musst es nachts tun«, sagte Juli.

»Was?«

»Eines Nachts musst du sie zählen. Am Tag kannst du sie nicht sehen.«

»Juli, du bist weise«, sagte Gabriel.

»Danke.«

»Wega, Deneb und Altair.« Marion deutete nach oben. »Die drei Sterne genau über uns. Das Sommerdreieck. Und da, der Fuhrmann.«

»Wo?«

»Ganz im Norden.«

»Irgendwie weiß ich nie so richtig, wo Norden ist«, sagte Juli. »Oder Osten oder Süden oder Westen.«

Marion lächelte. »Solltest du aber als zukünftige Archäologin.«

Juli starrte in den Himmel, hoffte, dass dieser Moment schnell vorüberziehen würde.

»Sie hat es hingeschmissen«, sagte Jakob.

»Jakob, bitte… Können wir über etwas anderes reden.«

»Du hast es hingeschmissen?«, hakte Marion nach.

Gabriel sah Juli an. »Was hast du hingeschmissen?«

»Ihr Studium«, antwortete Jakob.

»Mann... Ich... Latein und Altgriechisch, das hab ich einfach nicht gepackt. Irgendwie bin ich...«

»Irgendwie bist du was?«, fragte Marion.

Ihr anhaltendes Lächeln machte Juli wütend, der Alkohol machte sie mutig. Mit ausgestreckten Armen sprang Juli nach vorn und schubste Marion.

Einmal.

»Spinnst du?«, rief Jakob.

Zweimal.

Er versuchte, Juli festzuhalten, vergeblich.

Dreimal.

Marion ging zu Boden. Unsanft packte Jakob Julis Schulter. Sie kämpfte sich frei und rannte los, ließ den Garten hinter sich.

Eine Wiese. Ein Waldweg. Vorbei an dem ausgetrockneten Brunnen. Bergauf, bergauf, bis sie den Maulbeerbaum erreichte, den Jakob ihr am Morgen gezeigt hatte.

Ein weißer Maulbeerbaum. Der Versuch, Seidenraupen zu züchten.

Wann war das? Vergessen.

Im 19. Jahrhundert? Vielleicht.

War es gelungen? Sie konnte sich nicht erinnern.

Arme Seidenraupe. Nie darf sie ein Schmetterling werden.

Juli lehnte sich gegen den Stamm, würgte. Daiquiri, Magensäure und Fleischbrocken ergossen sich über das etwas zu lange Kleid. Sie sank in die Knie.

»Juli? Juli?«

Eine Gestalt näherte sich dem Baum.

»Jakob?«

Nein, es war nicht Jakob, sondern Gabriel, mit einer Flasche in der Hand.

»Fein gemacht«, sagte er. »Ich konnte sie noch nie leiden.«

»Wen?«

»Marion. Dumme, aufgeblasene Pute. Immer einen Kalenderspruch auf den Lippen oder ein saudoofes Grinsen.« Er setzte sich neben Juli und reichte ihr den Rum.

»Ich habe gerade gekotzt.«

»Dann muss man weitertrinken.«

Juli nahm einen Schluck, und noch einen.

»Geht?«

»Geht.«

Hin und her wanderte die Flasche.

»Ist keine Tragödie, das Studium abzubrechen.«

»Ich wollte Atlantis finden.«

»Kannst du auch ohne Studium.« Gabriel legte seinen Arm um ihre Schultern. »Alles keine Tragödie.«

Hin und her wanderte die Flasche.

»Atlantis«, sagte er.

»Ja.«

»Und ich habe immer gedacht, du hast mit dem Archäologie-Mist nur angefangen, weil Jakob Archäologie studiert, aber nein, da habe ich dich unterschätzt. Atlantis.«

Juli nickte. »Ich habe alles gelesen, was jemals über Atlantis geschrieben wurde, sämtliche Theorien. Die Troja-Hypothese von Eberhard Zangger, die Kleinasien-Hypothese von Peter James. Moreau de Jonnès und André de Paniagua – die Schwarzmeer-Hypothesen. Die Helike-Hypothes…«

»Dir traue ich es zu«, unterbrach Gabriel sie. »Wenn jemand Atlantis finden kann, dann du.«

»Machst du dich gerade über mich lustig?«

»Nein. Ich meine das ernst.«

»Du bist betrunken.«

»Du auch.«

»Danke«, flüsterte sie und schloss die Augen.

Es raschelte in den Ästen.

»Schau, da«, sagte Gabriel, »ein Kauz.«

Als Juli ihre Augen öffnete, spannte der Vogel seine Flügel und flatterte davon.

»Sah eher aus wie eine Taube.«

»Nee, das war ein Kauz, Tauben schlafen nachts.«

»Alle Tauben?«

»Alle Tauben.«

Hin und her wanderte die Flasche.

Gabriel zog Juli näher an sich heran.

»Was machst du da?«

»Ich küsse dein Haar.«

»Lass das.«

Milchstraße und Maulbeerbaum tanzten im Kreis.

Gabriel versuchte, seinen Mund auf Julis Lippen zu pressen.

»Lass.«

Aber er ließ sie nicht.

Seine Zunge leckte über ihren Hals. Seine Hände zerrten an dem violetten Stoff.

»Lass.«

Aber er ließ sie nicht.

Juli ballte ihre Rechte, schlug zu. Brustkorb, Stirn, Nase. Schützend riss Gabriel seine Arme in die Höhe. Juli sprang auf. Ihr Kopf knallte gegen den Stamm.

Oh, wie wild tanzten Wega, Deneb und Altair.

Sie stolperte, fiel hin. Das linke Knie brannte.

»Atlantis gibt es nicht, du dumme Nuss.« Sein Lachen dröhnte in ihren Ohren. »Hörst du? Atlantis gibt es nicht.«

Auf allen vieren kroch sie davon, bis Gabriels Stimme verklungen war. Endlich stand die Welt still.

Die Portiersloge des ausschließlich von Hochzeitsgästen bewohnten Hotels war nicht besetzt. Alle 37 Schlüssel hingen an ihrem Platz in dem Eichenholzkasten.

Nummer 12. Erster Stock. Aufschließen. Licht an.

Juli setzte sich auf das Fußende des Doppelbettes.

›Duschen‹, befahl sie ihrem Körper, aber er reagierte nicht.

Minuten oder Stunden später stand Jakob im Zimmer.

»Ist was passiert?«, fragte er.

Juli sah an sich herab. Erbrochenes und ein Blutfleck zierten das etwas zu lange Kleid, der Saum war zerrissen. »Was ist passiert?«, antwortete sie.

»Muss ich nicht verstehen, oder?«, gab er zurück.

»Nein. Musst du nicht.«

Jakob knöpfte sein Hemd auf, hielt in der Bewegung inne. »Was sollte das?«

»Was sollte was?«

»Marion. Manchmal glaube ich wirklich, dass du nicht ganz richtig tickst.«

Juli zuckte mit den Schultern. »Ich gehe jetzt duschen«, sagte sie.

Als sie aus dem Badezimmer kam, hatte Jakob bereits das Licht gelöscht und lag im Bett. Sie kroch unter die Decke, berührte seine Hand, ganz sachte. Vielleicht spürte er es nicht einmal. Die Wunde am

Knie pochte, der Kopf schmerzte – alles keine Tragödie. Doch ihr rasendes Herz, das sich nicht beruhigen wollte, das war eine Tragödie. Zumindest für Juli, sie hatte ja nur das eine.

»Jakob?«

»Mmh.«

»Denkst du, dass Atlantis...«

»Juli, fang jetzt nicht mit Atlantis an.«

Sie zögerte einen Moment. »Glaubst du, dass ich es finden könnte?«

»Du kannst Platon nicht mal im Original lesen. Mach die Augen zu.«

»Atlantis ist innerhalb eines einzigen Tages und einer unglückseligen Nacht untergegangen.«

»Schlaf«, sagte er.

»Jakob?«

Sein Atem ging ruhig und tief.

»›Was ist passiert?‹, hättest du fragen sollen.«

Nur die Nacht hörte sie.

Juli weinte, um ein zerrissenes Kleid, um Atlantis, um den Schlaf, der nicht kommen wollte, um die verkehrte Reihenfolge dreier Wörter.

Hemingway hat gesagt: »Bei Tage ist es kinderleicht, die Dinge nüchtern und unsentimental zu sehen. Nachts ist das eine ganz andere Geschichte.«

Tag 5

Der Polizist

»Junge Dame? Hallo? Können Sie mich hören?«

Jemand rüttelte an ihrem Arm.

»Können Sie mich hören?«

Langsam öffnete Juli die Augen.

»Ob Sie mich hören können?«

»Ja … Ja doch.«

Juli richtete sich auf. Grau und düster war der Himmel.

»Geht es Ihnen gut?«

»Ich … Ich muss hier eingeschlafen sein«, sagte Juli. »Wie spät ist es?«

»Fünf Uhr.«

»Fünf Uhr morgens?«

Der Polizist nickte. »Haben Sie getrunken, junge Dame?«

»Nein. Ich bin …« Juli betrachtete das Gesicht des Mannes, der nicht älter als sie selbst sein konnte.

»Wurden Sie angegriffen?«

»Was? … Nein.«

Nicht weit von ihr lag der Vogel. Jemand hatte das Tier auf den Bauch gedreht.

»Dann sollten Sie jetzt besser nach Hause gehen.«

Das augenlose Tier sah aus, als ob es brüten würde. Nur Nest, Eier und Herzschlag fehlten.

»Kommen Sie.« Der Polizist half Juli hoch.

»Danke ... Ich ... Wussten Sie, dass der männliche Eisvogel dem Weibchen zur Balz kleine Fische überreicht – mit einer Verbeugung?«

»Der Eisvogel?«

»Der Eisvogel. Wussten Sie das?«

»Nein.«

»Und wussten Sie, dass Hummeln rückwärts fliegen können?«

Der Polizist schüttelte den Kopf. »Junge Dame ...«

»Juli. Ich heiße Juli.

»Juli ...«

»Und dass Lenin die Fabergé-Eier der Zarenmutter beschlagnahmt hat?«

»Sind Sie sich sicher, dass es Ihnen gutgeht?«

Juli lachte. »Bin ich mir nicht.«

»Haben Sie Drogen genommen?«

»Nein. Es ist nur ... Es ist sehr kalt.«

Der Polizist blickte sich um. »Verraten Sie mich nicht«, sagte er und legte Juli seine Uniformjacke um die Schultern.

Wie selbstverständlich gingen sie nebeneinanderher, wie selbstverständlich nahm Juli seine Hand, hielt sich an ihr fest. Und wie selbstverständlich begleitete er sie bis zu ihrer Wohnungstür.

»Möchten Sie eine Tasse Kaffee?«, fragte Juli, während sie aufschloss.

»Ich... Leider... Ich muss weiter, ich bin im Dienst.«

»Gut, dann auf Wiedersehen und danke.«

Er zupfte an dem blauen Stoff. »Meine...«

»Oh, natürlich.« Juli zog die Jacke aus und überreichte sie ihm. »Nochmals danke.«

»Tschüss«, sagte er, machte jedoch keine Anstalten, zu gehen.

»Tschüss.«

»Ich könnte sagen, dass ich sie verloren habe.«

»Mich?«

»Nein, die Jacke... Ich meine, wenn Sie sie noch brauchen.«

»Nein. Nein. Vielen Dank.«

Er blickte zu Boden. »Was machen Sie heute Abend?«

»Ich?«

»Wenn Sie nicht wollen. Also...«

»Doch, ja...«

»Ich dachte... Und dann könnten Sie mir mehr über den Eisvogel erzählen.«

»Klar.«

»Ich heiße Ralf.«

»Ich heiße Juli.«
»Ich weiß.«

Juli warf sich auf die Couch. Wäre das jetzt ein Film, dachte sie, dann würde sie blaue Farbe kaufen, ihr Herz würde ein wenig schneller schlagen, weil sie am Abend Ralf, den Polizisten, treffen würde.
Wäre, wäre ...
75 gleichmäßige Herzschläge pro Minute.
Kaffee kochen. Computer anschalten.
27 neue Nachrichten. Keine von Jakob.

Jakob,
gestern bin ich gerannt, durch die ganze Stadt. Und ich meine, gerannt. Auf Schuhen mit 5 cm hohen Absätzen. 5 cm, das ist nicht viel. Aber ich bin gerannt. Dann habe ich mich in den Park gesetzt, zu einer toten Taube. Dort bin ich eingeschlafen. Ein Polizist hat mich gerade nach Hause gebracht. Du hast nicht geschrieben. Und heute hätte ich Dir geantwortet.
　Löschen.

Hätte, hätte ...
　Juli wählte die Nummer ihres Agenten.
　»Ja?«
　»Habe ich dich geweckt?«
　»Juli?«

»Ja.«

»Geht es dir gut?«

»Ich weiß nicht genau.«

»Was ist passiert?«

Sie zögerte. »Jakob. Mein Jakob ... Er kommt ...«

»Jakob? So? Jakob. Und nach all den Jahren ...?«

»Nach all den Jahren haut es mich um. Lächerlich, nicht wahr?«

»Nein«, sagte er ernst.

»Ich sollte ... Ich weiß nicht mal, was ich sollte. Glücklich sein, vielleicht. Mich zusammenreißen. Weitermachen. Wann hört die Vergangenheit auf, wichtig zu sein?«

»Nie«, sagte Gustav Singer.

»Ich habe heute Abend eine Verabredung.«

»Mit wem?«

»Ralf. Er ist Polizist und möchte mehr über den Eisvogel erfahren.«

Ihr Herz schlug schneller, als sie die zwei Farbeimer treppauf schleppte.

Eine blaue Wand. Anderthalb blaue Wände. Genug für heute, genug für immer.

Der Polizist war pünktlich. Frisch roch er, nach Waschmittel und Eau de Cologne.

Ob sie Chinesisch möge?

Während der Fahrt lächelten sie einander an, lächelten aus dem Fenster.

»Nach dem Schlüpfen sind die Eisvogel-Jungen nackt und blind«, erzählte Juli. »Erst nach zehn Tagen öffnen sich die Augen.«

»Aha«, sagte Ralf.

»Wir sind gleich da«, sagte der Taxifahrer.

Der Polizist bezahlte.

Es war sein Lieblingsrestaurant, der Lieblingstisch in seinem Lieblingsrestaurant. Und er bestellte alle seine Lieblingsspeisen – für sie beide.

Was sie trinken wolle?

»Fen-Schnaps.«

Schnaps, Tee und Vorspeisen.

Man duzte sich bald, gab ein paar Fakten über sein bisheriges Leben preis und lächelte viel.

»Was hat es mit dem Eisvogel auf sich?«, fragte Ralf, während er versuchte, mit den Stäbchen etwas Glibberiges zu fassen.

Sie überlegte. »Kennst du die Geschichte von Keyx und Alkyone?«

»Nein.«

»Keyx und Alkyone liebten sich tief und innig. Eines Tages musste Keyx das Orakel in Klaros aufsuchen. Auf dem Weg dorthin tobte ein Seesturm. Das Schiff von Keyx sank. Kurz bevor er ertrank, flüsterte er ein letztes Mal Alkyones Namen.

Alkyone, ahnungslos, dass ihr Mann bereits tot war, wartete zu Hause vergeblich auf seine Rückkehr. Sie betete und betete.

Die Gebete der liebenden Frau rührten die Götter. Morpheus wurde beauftragt, Alkyone die Nachricht von Keyx' Tod im Schlaf zu überbringen. Am nächsten Morgen lief sie zum Strand und entdeckte Keyx' leblosen Körper, der im Meer trieb. Ohne ihn wollte sie nicht sein, und sie stürzte sich von einer Klippe. Alkyone ertrank nicht. Ihr wuchsen Flügel. Die Götter hatten sie in einen Eisvogel verwandelt. Als sie zum Leichnam ihres Mannes flog und die Flügel über ihn breitete, sah sie, dass auch er ein Vogel geworden war.«

Ralf nickte und schob sich ein paar Morcheln in den Mund. »Ich kannte einen Mann, der hat sich umgebracht, weil seine Frau ihn betrogen und verlassen hatte. Er hat sich ins Meer gestürzt. Ins Mittelmeer. Volltrunken. Man wirft sein Leben nicht einfach so weg«, sagte er kauend. Ein paar Pilzbröckchen flogen auf den Tisch.

»Aber...«, begann Juli.

»Man wirft sein Leben nicht einfach so weg«, wiederholte der Polizist.

»Du hast die Geschichte nicht kapiert.«

»Die Frau wollte sich umbringen, oder?«, fragte er.

»Alkyone und Keyx haben sich geliebt.« Julis Stimme überschlug sich. »Niemand hat niemanden verlassen oder betrogen. Er ist gestorben, und sie wollte nicht ohne ihn weiterleben. Sie haben sich geliebt, Mann! Ihre Liebe hat die Götter gerührt, und deshalb wurden sie zu Eisvögeln.«

»Ich meine ja nur ...«

Juli seufzte so laut, dass Ralf verstummte.

»Ist ja nur eine Geschichte«, versuchte er einzulenken.

»Nur eine Geschichte?« Ihre Wangen glühten. »Ich kenne jemanden, den eine Geschichte gerettet hat. Denn manchmal sagen alle das Falsche, und dann hörst du oder liest du eine Geschichte. Und findest etwas, das ... Du findest ...« Juli rang nach Worten.

»Was findest du?«, fragte Ralf vorsichtig.

»Einen Grund für ... Das Gefühl, nicht allein zu sein, ein ...«

»Das gilt wohl für Menschen, die keine echten Probleme haben«, sagte er.

»Ach ja, Herr Polizist? Und wer bestimmt, was echte Probleme sind und was nicht? Wer bestimmt, wann jemand traurig sein darf?«

»Vielleicht ...« Er lächelte verwirrt. »Vielleicht sollten wir das Thema wechseln. Das ist nicht mein Gebiet.«

»Ich muss auf Toilette«, sagte Juli und stand auf.

Beide Kabinen waren besetzt, sie knallte ihre rechte Faust gegen eine der Türen.

»Geduld«, sagte die Frau auf der anderen Seite.

»Eins, zwei, drei, vier...« Juli zählte bis 25, nichts geschah. Sie machte kehrt, ging aber nicht zurück zum Lieblingstisch des Polizisten, sondern verließ das Restaurant. Ihre Jacke hing noch über der Stuhllehne. Geld und Schlüssel steckten in der Hosentasche. Also eine Jacke auf der Verlustliste. Egal. Sie hielt ein Taxi an.

»Schön warm hier«, sagte Juli, nachdem sie dem Fahrer ihre Adresse genannt hatte.

Er nickte.

»Würde es Ihnen etwas ausmachen, das Radio anzuschalten? Es ist so still.«

»Kaputt.«

»Schade... Hätten Sie Lust zu singen?«

Er antwortete nicht.

»Wussten Sie, dass Eisvogelfedern einst als Glücksbringer galten?«

»Nein.«

»Und dass man früher in China Beamte auf ihre Eignung geprüft hat, indem man sie Gedichte verfassen ließ? Und dass Hummeln rückwärts fliegen können? Und dass...«

Der Taxifahrer schnaufte. »Warum müsst ihr jungen Leute euch immer besaufen?«

»Ich bin nicht betrunken. Und wirklich jung bin ich auch nicht mehr.«

»Dann ist ja gut.«

»Was ist gut?«

Er schwieg, und auch Juli sagte nichts mehr.

Der Farbgeruch hatte sich in der ganzen Wohnung ausgebreitet, aber das störte sie nicht. Anderthalb blaue Wände – ihr Werk. Juli nahm das schnurlose Telefon.

»Ja?«

»Habe ich dich geweckt?«

»Juli? Was ist passiert?«

»Ich habe meine Wände blau gestrichen. Teilweise. Ich habe Fen-Schnaps getrunken und den Polizisten im Restaurant sitzenlassen, ohne mich zu verabschieden.«

»In dieser Reihenfolge?«

Sie lachte. »Habe ich dir von der Taube erzählt?«

»Andeutungsweise. Du wirst über sie schreiben.«

»Ja.«

»Schön«, sagte Gustav. »Tauben... Kennst du die Geschichte von Cher Ami?«

»Nein.«

»Es ist eine wahre Geschichte. Cher Ami war eine

Brieftaube. Die amerikanische Armee setzte sie während des Ersten Weltkriegs in der Nähe von Verdun ein. Auf ihrem letzten Flug wurde die Taube schwer verletzt. Trotzdem schaffte sie es, der 77. Infanteriedivision eine Nachricht zu überbringen. Die Division war ohne Proviant hinter feindlichen Linien eingeschlossen. Dank Cher Ami konnten fast zweihundert Soldaten gerettet werden.«

»Gustav, ich glaube, meine Taube hat auch eine Botschaft überbracht. Ich weiß nur nicht, wo sie ist. Die Botschaft, meine ich. Wo die Taube ist, weiß ich …«

Sie sprachen eine Weile weiter über Nachrichten und Tauben, Mythen und Geschichten. Erst als es an Julis Tür klingelte, wünschten sie sich eine gute Nacht.

Die Gegensprechanlage funktionierte schon lange nicht mehr. Juli drückte auf. Schritte im Treppenhaus. Schritte im Flur.

»Deine Jacke«, sagte er. »Ich … Ich weiß nicht, was ich falsch gemacht habe.«

»Willst du reinkommen?«

Der Polizist folgte ihr in die Wohnung, beobachtete Juli, während sie Kaffee kochte.

»Eigentlich trinke ich nach sechs Uhr abends keinen Kaffee mehr. Nie«, sagte er und nahm einen Schluck aus der Tasse.

Sie ließen sich im Wohnzimmer nieder.

»Die habe ich gestrichen.« Juli deutete auf die anderthalb blauen Wände.

Sanft klopfte er ihr auf die Schulter. »Was machen wir jetzt?«, fragte er.

»Wir trinken Kaffee.«

»Und dann?«

»Wirst du nach Hause gehen.«

»Und dann?«

»Morgen laufen wir schneller, strecken die Arme weiter aus. Und eines schönen Tages...«

»Bedeutet das, dass wir uns wiedersehen werden?«

»Nein.«

»Ich verstehe dich nicht.«

»Macht nichts.«

Irgendwann schlief Juli auf dem Sofa ein. Der Polizist deckte sie mit der Jacke zu und ging nach Hause.

»...morgen laufen wir schneller, strecken die Arme weiter aus«, heißt es in einem Roman von F. Scott Fitzgerald. Und hoffen, dass eines schönen Tages alles ganz anders wird. »So kämpfen wir weiter, wie Boote gegen den Strom, und unablässig treibt es uns zurück in die Vergangenheit.«

Tag 6

Die Cousine

Blaue Kleckse säumten den Fußboden. Der Polizist war fort, der Farbgeruch nicht. Juli riss sämtliche Fenster auf.

»Wischiwaschi«, hätte Jakob gesagt. »Warum hast du nicht die Möbel und den Boden abgedeckt und während des Streichens die Fenster geöffnet?«

»Lass mich doch«, antwortete Juli der körperlosen Stimme.

»Und warum hast du nicht alle Wände blau gestrichen. Oder nur eine oder zwei. Aber anderthalb?«

»Damit ein bisschen Sehnsucht bleibt.«

Die Dämpfe machten Juli dösig. Halb träumend, halb wachend verbrachte sie den Tag auf der Couch. Tauben einer noch wortlosen Geschichte zogen an ihr vorbei. Und Jakob – immer wieder Jakob.

Um sechs Uhr verließ Juli das Haus. Sie hatte ihrer Tante Tamara versprochen, an diesem Abend Inga zu bewachen. Genau so hatte Tamara es formuliert: »Ich habe eine Verabredung, kannst du Inga bewachen?«

Lange Zeit war es Tamara entgangen, dass ihre

Tochter Inga so manch eine Nacht nicht in ihrem Bett, sondern Gott weiß wo verbrachte. Hochparterre. Das Zimmer einer Vierzehnjährigen sollte mindestens zwei Meter über dem Asphalt liegen. Aber da Tamaras Exmann nur unregelmäßig Alimente zahlte, konnte sie sich weder einen Umzug noch einen Babysitter leisten.

»Danke, Juli«, sagte Tamara. »Kannst du zur Not hier übernachten, falls ich« – sie errötete – »erst morgen früh nach Hause komme?«

Die Cousinen saßen auf dem Sofa, jede in einer Ecke. Inga hatte »Hallo« gesagt, mehr nicht.

Ob sie Hunger habe, hatte Juli gefragt.

Kopfschütteln.

Wie es denn so gehe?

»Pff«, war die Antwort gewesen.

Dann hatte Juli aufgegeben und eine DVD eingelegt.

Sie starrte auf den Bildschirm, während Inga sie anstarrte.

»Was?«, fragte Juli. »Was ist los?«

»Die geht und poppt mit irgendeinem verfickten Loser, und ich darf nie was«, kreischte das Mädchen los. »Echt, das ist so was von unfair ...« Dramatisches Schluchzen. »Und alle gehen heute, und wenn ich nicht gehe, ist alles vorbei ... Und die geht, wann sie will. Das ist wie im Scheiß-Gefängnis hier.«

»Ich verstehe kein Wort. Wer poppt wen?«
»Mama den Idioten.«
»Und wer sind alle?«
»Meine Freunde, Mann.«
»Und wohin gehen alle?«
»Zu Big Mack.«
»Und wer oder was ist Big Mack?«
»'n Freund, Mann.«
»Und was ist vorbei, wenn du nicht gehst?«
»Mein Leben, Mann.«
»Warum?«

Inga liebte Zack. Zack war ein Junge, der eigentlich Matthias hieß. Inga und Zack waren zusammen – irgendwie, aber gerade lief es nicht gut, wegen Micha. Micha war ein Mädchen, das Michaela hieß. Und Inga glaubte, dass auch Micha Zack liebte. Heute Abend war eine Party bei Big Mack, und da waren alle, inklusive Zack und Micha. Deshalb musste Inga da hin.

»Verstanden?«
»Ich denke, ja.«
»Bitte, Juli«, flehte Inga. »Bitte, bitte, bitte, du bist doch kein gemeines Arschloch.«
»Bitte was?«
»Kann ich gehen?«

Juli schüttelte den Kopf.

»Mann, ich liebe ihn.« Dann weinte das Mädchen.

Die echten Tränen und das unechte Nachluftjapsen rührten Juli.

Der Geruch von verschüttetem Alkohol und Teenagerschweiß schlug ihnen entgegen, als sie die altrosafarbene Villa der Familie Mack betraten. Ein Haufen Minderjähriger bewegte sich rhythmisch zu den Klängen von Wu-Tang Clan.

»Inga... Das ist... Da sind ja Hunderte...«

»Hab doch gesagt, alle sind hier.«

Juli griff nach Ingas Hand, um die Cousine nicht zu verlieren, oder um selbst nicht verlorenzugehen.

»Lass los. Ich muss Zack suchen.«

Und schon stand Juli allein in der riesigen, mit Teenagern vollgestopften Eingangshalle. Ein Junge rief ihr etwas zu, aber Wu-Tang Clan verschluckten seine Worte. Juli wurde in den nächsten Raum gedrängt. Noch mehr Menschen. Sie tauchte ein in die zuckende Menge, in die Musik.

Tequila. Einen Schluck, zwei, drei, vier, sie reichte die Flasche weiter.

Juli tanzte.

Und als alle die Arme in die Höhe rissen, riss auch sie ihre Arme hoch. Vergaß sich.

Ein Lied, das von einer wilden Rose erzählte, und der Klammergriff eines pickligen Jünglings setzten dem Zauber ein Ende. Juli schüttelte den Jungen ab. Sie hatte schließlich eine Aufgabe: Inga bewachen.

Sie durchkämmte Zimmer für Zimmer, wanderte weiter Richtung Terrasse. Die Cousine blieb verschwunden. Auf den steinernen Stufen, die in den Garten führten, hielt Juli inne. Auch draußen wurde getanzt und getrunken. Der Gedanke an die vielen kleinen Lügen, die heute erzählt worden waren, damit all diese Mädchen und Jungen hier zusammenkommen konnten, ließ Juli lächeln.

Sie lief über den Rasen, betrachtete den dreistöckigen Prachtbau. Lampen brannten im Erdgeschoss, der Rest des Hauses war dunkel, bis auf ein schwach erleuchtetes Fenster unterm Dach. Auch wenn sie nur eine Silhouette ausmachen konnte, spürte Juli, dass derjenige, der dort oben stand, sie direkt ansah.

Eine rote Kordel, an zwei Chromständern befestigt, versperrte den Treppenaufgang. Juli schlängelte sich daran vorbei und rannte nach oben.

Mit gesenktem Blick durchschritt sie den Korridor, fand das Licht und trat ein.

Er lehnte am Fenster. Die Falten um seine Augen standen in Widerspruch zu dem runden Jungengesicht, und das Jungengesicht passte nicht zu dem mächtigen Körper. Groß und dick.

»Ja?«, fragte er.

»Ich ... ich habe dich gesehen. Im Garten ...«, erklärte Juli ihr Eindringen. »Ich war im Garten.«

Er sagte nichts.

»Wohnst du hier?«

»Ja.«

»Bist du Big Mack?«

»So nennt man mich.«

»Ich heiße Juli.«

Big Mack wirkte jung und greisenhaft zugleich. Ein Mann? Ein Kind? Sein Gesicht gab keine Antwort.

»Wie alt bist du?«, fragte Juli.

Stille.

»Hundert, schon immer. Und du?«, sagte er schließlich.

»Zweiunddreißig, seit ein paar Monaten.«

Juli stellte sich neben ihn. Draußen tobte der Mob. »Warum bist du nicht da unten bei deinen Freunden?«, fragte sie.

»Warum bist du nicht da unten?«, gab er zurück.

»Das sind nicht meine Freunde.«

»Meine auch nicht.«

Schweigend starrten sie aus dem Fenster. Ihr Atem übertönte die gedämpften Klänge der Musik.

»Ich war nicht immer hundert«, sagte Big Mack. »Erst, seit mein Bruder gestorben ist. Die da«, er deutete auf die Tanzenden im Garten, »wissen nicht mal, dass ich einen Bruder hatte. Hatte ihn ja auch nur kurz, und das ist 'ne Ewigkeit her. Er ist gestorben, weil er ein Loch im Herzen hatte. Das hat mich verrückt gemacht, das hat mich hundert Jahre alt gemacht. Ein Loch im Herzen. Er war winzig. Ich mochte ihn. Nicht nur, weil er mein Bruder war. Er lag im Krankenhaus in 'nem Kasten. Und einmal hat er mit seinen Fingern auf mich gezeigt und gelacht, wirklich, und da wusste ich, dass ich ihn gernhabe, egal, ob es ein Fremder oder mein Bruder ist. Das Lachen, das muss man gesehen haben, wie mein winziger Bruder gelacht hat in diesem Scheiß-Kasten. Dann war er tot. Ist 'ne Ewigkeit her, trotzdem…«

»Wie lange ist eine Ewigkeit?«, fragte Juli leise.

»Sechs Jahre. Ich war zehn, als er gestorben ist… Und dann haben die mir erzählt, dass er ein Engel ist und immer bei mir und unsichtbar. Was soll das? Ich konnte nicht mehr schlafen. Ein Baby mit Flügeln und 'nem Loch im Herzen und unsichtbar, das macht dich verrückt, das macht dich hundert Jahre alt.«

»›Die‹ sind deine Eltern?«

Big Mack nickte. »Ich glaube, die haben meinen Bruder ziemlich schnell vergessen. Meine Mutter konnte keine Babys mehr bekommen. Dann wollten sie ein kleines Mädchen aus Vietnam adoptieren… Ein kleines Mädchen, unbedingt ein Mädchen, als ob die meinen Bruder nie wirklich gewollt hätten oder als ob jeder kleine Junge ein Loch im Herzen hat. Aber das ist schiefgelaufen mit Vietnam und dem Mädchen. Das hat nicht geklappt. Und dann kamen die Scheiß-Künstler. Ständig wohnen irgendwelche Scheiß-Künstler hier. Und meine Eltern nennen sie ›ihre Kinder‹. Es sind gar keine Kinder. Die meisten sind nicht mal mehr ein bisschen jung. ›Unsere Kinder, unsere Kinder.‹« Er sah Juli an. »Soll ich dir was zeigen?«

Trotz seines Gewichts bewegte Big Mack sich fast lautlos durch die Dunkelheit.

Den Gang entlang, zur Treppe, ein Stockwerk tiefer.

Flure, Türen, die meisten geschlossen. Vor einer blieb Big Mack stehen, öffnete sie und schaltete das Licht an.

Keine Möbel. Nur ein riesiger Wandteppich zierte den kahlen Raum.

»Das Ding«, Big Mack zeigte auf den Teppich, »ist über 'ne Million wert. Von ihrem ›Lieblingskind‹. Hat er gemacht. So ein Scheiß-Künstler. Der ist durch die ganze Welt gereist, hat Ziegenhaare gesammelt und dann das Ding gemacht. Weißt du, wie viele Ziegenrassen es auf der Welt gibt?«

»Ungefähr 1200«, sagte Juli.

Big Macks Augenbrauen zogen sich zusammen,

offensichtlich hatte er nicht mit einer Antwort gerechnet. »Richtig. Warum weißt du so was?«

»Keine Ahnung.«

»Jedenfalls, das Zimmer sollte für meinen Bruder sein. 'ne Wiege und so'n Zeug stand hier drinnen, die ganzen Jahre. Vielleicht hatten die einfach vergessen, dass es das Zimmer gab. Ich hab hier 'ne Menge Zeit verbracht. Hab mir vorgestellt, wie… Meinen Bruder habe ich mir vorgestellt. Ich hab ihn gesehen, und er war nicht ein Baby mit 'nem Loch im Herzen und Flügeln. Er war einfach mein Bruder, und gelacht hat er… Dann, vor ein paar Wochen – alles weg, und nur das Scheiß-Ding hängt an der Wand. Kunst. Sie sagen, es ist Kunst. Wo die Wiege ist, wollte ich wissen. Weg. Und jetzt ist hier Kunst.«

Im Schatten eines Ziegenteppichs konnte es keinen Trost geben. Also nahm Juli den Hundertjährigen an der Hand und führte ihn zurück nach oben.

Er setzte sich auf die Bettkante, vergrub den Kopf in seinen Armen. Wie ein trauriger Berg sah er aus.

»Das Schlimmste ist«, sagte Big Mack, »dass er so plötzlich fort war. Er lag in diesem Kasten, und dann war er weg. Und die Wiege und das alles… Auf einmal verschwunden. So plötzlich. Ich komm da nicht mit. Verstehst du?«

»Ja«, antwortete Juli.

Big Mack hob das Haupt. »Wirklich?«

Ein Windstoß öffnete das Fenster. Ein Lied erfüllte den Raum.

»Möchtest du tanzen?«, fragte Juli.

Sie hielten sich aneinander fest. Manchmal trat sie ihm auf die Füße, manchmal trat er ihr auf die Füße. Sie verloren den Rhythmus, fanden ihn wieder, rempelten gegen Möbel.

Die Musik verstummte, sie tanzten weiter.

Der Morgen dämmerte, sie tanzten weiter.

Erst als Ingas Stimme, begleitet von Vogelgezwitscher, im Garten plärrte, löste Juli sich aus Big Macks Armen.

»Wusstest du, dass etwa 920 Millionen Ziegen auf der Erde leben? Ich frage mich wirklich, wer zum Teufel die gezählt hat«, sagte Juli zum Abschied.

Der traurige Berg lachte, lachte laut. Sein Lachen war noch auf der Treppe zu hören.

»Wie ist es mit Zack gelaufen?«, fragte Juli das Mädchen.

Ein verächtlicher Blick war Ingas ganze Antwort.

Etwa eine Viertelstunde nachdem die Cousinen die Parterrewohnung erreicht hatten, tauchte auch Tamara auf, und Juli konnte den Heimweg antreten.

»Wussten Sie, dass Zeus mit Ziegenmilch aufgezogen wurde?«

»Wer?«, fragte der Taxifahrer.

»Zeus. Der Gott Zeus.«

»Nein.«

»Und nehmen Sie mal an, Sie müssten alle Ziegen, die auf der Erde leben, zählen, wie würden Sie es anstellen?«

Der Fahrer lachte. »Warum sollte ich Ziegen zählen?«

»Wenn Sie müssten. Sagen wir, jemand würde Ihnen einen Haufen Geld geben.«

»Ich … Ich würde einfach grob schätzen, würde mir was ausdenken.«

»Dann schätzen Sie mal.«

»Zwei Millionen.«

»Total daneben. 920 Millionen.«

»Na dann«, sagte er, »muss man sich um die Ziegen wohl keine Sorgen machen. Gibt ja genug.«

Obwohl sie müde war, schaltete Juli den Computer an.

Eine neue Nachricht von Jakob.

Liebe Juli,
ich habe Dir mehrere E-Mails geschrieben. Hast Du sie gelesen? Ich komme am 24. Mai. Können wir uns sehen?
Bitte antworte.
Jakob

Lieber Jakob,
angeblich leben etwa 920 Millionen Ziegen auf der Erde, doch wer soll die gezählt haben? Vielleicht hat sich jemand diese Zahl einfach ausgedacht. Einfach mal grob geschätzt. Und jetzt glauben wir, dass man sich um die Ziegen keinerlei Sorgen machen muss, weil es ja genug gibt.
Vielleicht werde ich losziehen und die Ziegen zählen, um sicherzugehen, dass es tatsächlich 920 Millionen sind.
Juli
   Senden.

Jakobs Antwort folgte nicht mal sechzig Sekunden später.

Juli? Ich verstehe kein Wort. Ziegen zählen? Warum? Ist das ein Witz?

Weil es vielleicht gar nicht genug gibt.

»Eine Kleinigkeit, einverstanden, aber an solchen Kleinigkeiten geht die Welt zugrunde.«
Anton Čechov
   Senden.

Juli klappte das Laptop zu. Auf dem Weg ins Schlafzimmer streichelte sie ihre anderthalb blauen Wände. Sie lachte, lachte laut. Sogar der Postbote im Treppenhaus konnte ihr Lachen hören.

Tag 7

Der Vater

Noch ehe Juli den Park erreichte, hatte sie ein halbes Dutzend Blasen an den Füßen.

Der Vogel lag wieder auf dem Rücken, das augenlose Haupt zum Himmel gewandt.

»Was machst du da?«, fragte ein kleiner Junge, der Juli seit einiger Zeit beobachtet hatte. Mit dem Schnabeltierkissen unterm Arm umkreiste sie hinkend die tote Taube.

»Ich suche eine Botschaft.«
»Bist du ausgebrochen?«
»Nein.«
»Bist du plemplem?«
»Nein.«
»Bist du gefährlich?«
»Nein.«
»Sind deine Füße kaputt?«
»Ja.«
»Warum?«
»Das sind neue Schuhe, die tun weh.«
»Warum hast du die genommen, wenn sie weh tun?«

»Weil sie hübsch sind.«

Der Junge lachte. »Kann ich mit dir die Botschaft suchen?«

»Meinetwegen.«

»Was für eine Botschaft suchen wir?«

»Weiß ich nicht.«

»Was ist auf deinem Kissen?«

»Ein Schnabeltier.«

Er lief in ihrem Schatten.

»Was machen wir mit der Botschaft, wenn wir sie finden?«

Juli bremste ab, drehte sich um. »Wie viele Fragen willst du noch stellen?«

»Ähmm…« Er zögerte. »Vielleicht fünf«, sagte er ernst.

»Aha.«

»Ist die Botschaft in einer Flasche?«

»Nein.«

»Ist sie eine Rolle?«

»Was für eine Rolle?«

»Eine aus altem gelbem Papier, eine richtig alte Rolle.«

»Wahrscheinlich nicht.«

»Gehört die Taube dir?«

»Ja.«

»Warum ist sie tot?«

»Weil sie gestorben ist.«

»Warum begräbst du sie dann nicht?«

»Weil sie dann ...« Juli blieb stehen. »Weil sie dann nicht mehr da wäre.«

»Du bist komisch«, sagte der Junge.

»Zwingt dich ja niemand, mir hinterherzulaufen.«

»Dann gehe ich jetzt. Tschüss, komische Frau«, rief er und rannte davon.

»Hey, komm zurück, ich dachte, du wolltest mir helfen.«

Er kam nicht zurück.

Nach ein paar einsamen Runden humpelte Juli Richtung Bushaltestelle.

Wild wucherte das Unkraut im Vorgarten. Richard stand im Türrahmen. »Ich habe Kuchen«, rief er, als Juli sich dem Haus näherte.

Sie küsste ihren Vater. Er roch nach altem Schweiß und Bratfett.

»Du wolltest gestern kommen«, sagte er.

»Nein, heute. Alles Gute zum Geburtstag, Papa.«

»Mein Geburtstag war gestern.«

Vollgestopft mit Möbeln und Nippzeug waren die drei winzigen Zimmer des einstöckigen Hauses. Auf den unzähligen Blechautos und Holzfigürchen klebte der Staub der letzten zwanzig Jahre. Zeitungen und Prospekte aus längst vergangenen Zeiten stapelten sich auf, neben und vor den ramponierten

Regalen. Videokassetten, Plastikschalen, ein nicht mehr funktionstüchtiger Commodore 64, Kabel, tote Lampen. Wohin man auch blickte, wohin man auch trat – Krempel.

Auf sämtlichen Polstern hatten Hühnerschenkel, Motten und Zigaretten ihre Spuren hinterlassen.

Mehrmals schon hatten Juli und ihr Bruder versucht, das Häuschen sauberzumachen. Doch die Wutausbrüche des Vaters setzten diesen Unternehmungen stets ein frühzeitiges Ende.

»Was machst du da?«, fragte er in scharfem Ton, sobald man dem Dreck mit einem Lappen zu Leibe rückte.

»Ich wische.«

»Das geht doch kaputt.«

»Nein, sicher nicht.«

»Du sagst nein, und ich sag ja. Ist das mein Zeug oder deins?«

Und dann geriet er in Rage, brüllte, dass man nichts haben könne in diesem verdammten Leben, ohne dass irgendwer daherkomme und es einem kaputtmache. »Eine Scheißwelt. Das ist eine gottverdammte Scheißwelt. Nichts kann man haben.«

Richard platzierte seine Tochter auf der braunen Couch und holte den Kuchen aus der Küche.

»Ist wahrscheinlich trocken«, sagte er. »Gestern

war er frisch. Du wolltest gestern kommen. Mein Geburtstag war gestern.«

»Nein, er ist heute.«

»Gestern.« Er deutete auf Julis Schoß. Dort lag das Schnabeltierkissen. »Was ist das?«

»Dein Geburtstagsgeschenk«, sagte sie. Ein spontaner Entschluss. Denn eigentlich hatte sie das Kissen nur mitgenommen, weil es neu war und sie es gerne anschaute. Die guten Seiten des Erwachsenseins: Niemand kann einem verbieten, sein neues Schnabeltierkissen durch die Gegend zu schleppen.

»Hässliches Tier«, brummte er. »Wusstest du, dass deine Mutter unbedingt ein Schnabeltier haben wollte? Wochenlang lag sie mir in den Ohren. ›Richard, besorg mir ein Schnabeltier. Ich möchte so gerne ein Schnabeltier.‹ Schnabeltier hier. Schnabeltier da. Man kann die Dinger nicht einfach besorgen. Ich hab ihr dann einen Papagei gekauft.«

»Wann war das?«

»'ne Ewigkeit her. Vor deiner Geburt. Dein Bruder war noch ein Baby.«

»Was ist mit dem Papagei passiert?«

»Sie hat ihn freigelassen. Nach vier Tagen. Und ich hatte ein Vermögen für den Scheißvogel bezahlt.« Geistesabwesend schlug er mit der geballten Faust auf das Kissen ein. »Deine Mutter hat nicht mal angerufen, um mir zum Geburtstag zu gratulieren.«

Sie waren seit fast zwei Jahrzehnten geschieden. Während Richard bald schon aus Karens Wortschatz und Gedanken verschwunden war, war er über die Trennung nie hinweggekommen.

»Hat sie wieder einen Neuen?«

»Wer?«

»Deine Mutter.«

»Keine Ahnung«, sagte Juli, um das Thema zu beenden.

»Eins verrate ich dir.« Er legte seine Stirn in Falten. »Sie ist ein richtiges Arschloch.«

»Wer?«

»Deine Mutter.«

»Nenn sie bitte nicht Arschloch.«

»Sie ist ein Arschloch. Und der Kuchen ist trocken. Gestern war mein Geburtstag.«

Es war unmöglich, es Richard recht zu machen, selbst seine glücklichsten Momente beinhalteten ein Aber.

»Sie hat mich verlassen, weil das Geld knapp wurde. Benutzt hat das Aas mich und dann…«

»Papa, was redest du da? Mama hat dich verlassen, weil…« Juli brach ab. Weil du nie zufrieden warst, nicht mal einen einzigen Augenblick, dachte sie.

»Weil was? Warum hat deine Mutter mich verlassen?«

»Ich weiß es nicht. Ist doch tausend Jahre her.«

Juli betrachtete Richards Profil, während er fluchend den Apfelstreusel zerhackte. Geplatzte Äderchen auf den Wangen, graue Bartstoppeln.

Sie erinnerte sich an ihren ersten Tag als Kind geschiedener Leute. An den Tag, als ihr Vater auszog. An die Erleichterung, die sie empfunden hatte. Und an die Schuld, die mit der Erleichterung Hand in Hand in ihrem Herzen tanzte. Juli hatte ihren Vater immer geliebt, und doch war sie froh gewesen, nicht mehr mit ihm unter einem Dach leben zu müssen. Nicht mehr allabendlich auf Zehenspitzen durch das Wohnzimmer schleichen zu müssen, damit er in Ruhe fernsehen konnte. Keine Familienurlaube mehr, in denen Richard ganze Nationen verfluchte. Weil ihm das Essen nicht schmeckte und die Kultur nicht passte. Und sowieso alles Scheiße war und man sich die Reise eigentlich gar nicht leisten konnte.

»Von einem Tag auf den anderen hat sie beschlossen, dass es vorbei ist. Einfach so ...«

»Solche Dinge passieren nicht von einem Tag auf den anderen und auch nicht einfach so«, sagte Juli.

»Warum musst du immer deine Mutter verteidigen?«

Juli legte den Arm um seine Schultern. »Ich verteidige niemanden, Papa.«

»Tust du. Immer. Und dein Bruder auch. Manchmal frage ich mich…« Er schüttelte den Kopf. »Gestern war mein Geburtstag.«

»o.k. Gestern war dein Geburtstag.«

Sie aßen Kuchen, sprachen über Belangloses.

Dann geleitete Richard Juli zur Tür.

Alt, schmutzig und traurig sahen sie aus. Beide – das winzige Häuschen und der Vater.

»Papa?«

»Ja?«

Sie wollte etwas Nettes sagen, etwas wirklich Nettes, aber ihr fiel nichts ein.

Schließlich sprach er: »Danke für das Kissen. Es wird einen Ehrenplatz bekommen.«

»Einen Ehrenplatz«, wiederholte Juli, um Zeit zu gewinnen, vielleicht würde ihr doch noch etwas wirklich Nettes einfallen.

»Auf dem Schaukelstuhl«, sagte er.

»Das ist schön.«

»Bis bald, Juli.«

»Bis bald, Papa.«

Mit aufgeplatzten Blasen an den Füßen trat Juli den Heimweg an. Barfuß stieg sie in den Bus. Barfuß stieg sie acht Haltestellen später wieder aus.

Die Sandalen in den Händen haltend, stand sie

auf dem kühlen Asphalt, und plötzlich fiel ihr ein, was sie Richard hätte sagen können.

»Papa, weißt du noch, als die anderen Kinder nicht mehr mit mir spielen wollten?«

Ihre drei besten Freundinnen hatten eines Tages beschlossen, dass Juli doof sei und nicht mehr dabei sein sollte, nicht mehr mitmachen durfte.

Zu diesem Zeitpunkt war Richard arbeitslos, jeden Nachmittag waren Vater und Tochter allein zu Hause.

Der Bruder hatte Kumpel und Hobbys, die Mutter einen Job und eine Affäre.

Julis Geheule störte Richards Fernsehprogramm. Als jede noch so strenge Aufforderung, mit dem Schluchzen gefälligst aufzuhören, erfolglos blieb, versuchte Richard, seine siebenjährige Tochter zu trösten. Spielen. Ja, Kinder spielen gerne. Doch das einzige Spiel, das er kannte, war Skat.

»Und dann, Papa, hast du gesagt: ›Wir fahren jetzt los.‹

Ich durfte vorne sitzen.

Das Autoradio hat nicht funktioniert.

›Dreh den Knopf‹, hast du gesagt.

›Ist doch kaputt.‹

›Los, dreh den Knopf.‹

Und dann habe ich gedreht, und du hast gesungen. Immer dasselbe Lied.

Where's the playground, Juli?
You're the one who's supposed to know her way around
Where's the playground, Juli…
Erst viele, viele Jahre später habe ich herausgefunden, dass nicht du, sondern Jimmy Webb das Lied komponiert hat, und dass es Susie und nicht Juli heißt.

So viele Nachmittage hast du für mich gesungen, weil ich einsam war.«

»Hey, komische Frau, deine Füße sind total schwarz.« Der Junge aus dem Park riss sie aus ihren Gedanken.

»Was machst du hier?«, fragte Juli.

»Ich wohne hier. Willst du noch mal die Botschaft suchen?«

»Musst du nicht nach Hause gehen? Ist schon spät.«

»Ist gar nicht spät. Komm, Frau«, flehte er, »bitte.«

Hatte sie nichts Wichtigeres zu tun, als mit einem Kind nach einer Botschaft zu suchen?

»Na gut, aber du kannst mir nicht wieder tausend Millionen Fragen stellen.«

»Hab ich doch gar nicht.«

»Nicht tausend Millionen, aber eine ganze Menge.«

»Und wie viele Fragen darf ich fragen?«

»Sechs. Höchstens. Und das war schon eine.«

Sie liefen nebeneinander her.
»Wo ist dein Kissen?«
»Hab ich verschenkt.«
»Wem hast du es geschenkt?«
»Einem Mann.«
»Was für einem Mann?«
»Einem... er... Er ist ein sehr, sehr netter Mann.«
»Und was macht der Mann?«
»Er wohnt in einem winzigen Häuschen und sammelt verschiedene Dinge, und er... er backt Kuchen und er macht Lieder.«
»Was für Lieder?«
Leise begann Juli zu singen:
»Where's the playground, Juli?
You're the one who's supposed to know her way around
Where's the playground, Juli...«

Tag 8

Der Freund

Juli????? Čechov? Ziegen?

Juli, bitte antworte.

Juli, sag doch was.

Lieber Jakob,
Du willst mich sehen?
Also schön.
Juli
   Senden.

Sie hatte ›Ja‹ gesagt. Doch erst seine Antwort würde das Wiedersehen wirklich machen. Schnell klappte Juli das Laptop zu.

Kaffee.

Am 15. November 1944 wurde die Uganda-Giraffe Rieke aus dem Berliner Zoo in den Tiergarten Schönbrunn in Wien evakuiert. 1953 wurde sie nach Berlin zurückgebracht. Rieke, die Uganda-Giraffe, die Uganda nie gesehen hat.

Der zum Tode verurteilte Mörder Willie Francis überlebte den elektrischen Stuhl. Unter der übergestülpten Lederkapuze schrie er: Nehmt sie ab. Lasst mich atmen.

So viele Geschichten hatte Juli in den letzten Jahren gesammelt.

Jakob, wusstest du…

Acht Pflaster auf den rechten Fuß. Fünf auf den linken. Socken, Stiefel.

Zacharias war ihr bester Freund. Und sie war seine beste Freundin, seine einzige Freundin.

Sie wohnten in derselben Stadt, besaßen einen Schlüssel zur Wohnung des anderen, und trotzdem sahen sie sich nur alle zwei Wochen – immer zur gleichen Uhrzeit am selben Ort – und telefonierten nie.

Bevor Juli ihm begegnete, war Zacharias so etwas wie ein Prophet der Popkultur. Er tanzte auf jeder Party, kannte alle wichtigen Menschen, war das Gesicht einer Turnschuhkampagne, schrieb eine Kolumne für ein Lifestyle-Magazin, und andere Lifestyle-Magazine befragten ihn zu den *must haves* der Saison.

Eigentlich hätte er an jenem Tag über Männerröcke und Damien Hirsts 23,6-Millionen-Dollar-Schädel sprechen sollen, doch Zacharias fühlte sich einsam und begann, mit der Journalistin über sich selbst zu reden.

Bis zu seinem sechzehnten Lebensjahr war er Bettnässer, und mit Anfang zwanzig litt er unter Potenzstörungen. Das waren Zacharias' erste Geständnisse.

Die öffentliche Beichte wurde zur Sucht. Bald schon behandelte seine Kolumne nicht mehr Mode und Kunst, sondern seine Beziehungsprobleme, seine Kindheit, seine Schmerzen. Anfangs waren Resonanz und Zuspruch groß, es folgten noch mehr Interviews, noch mehr Partys und eine Flut von Leserbriefen. Aber dann ebbte das Interesse ab. Man hatte die Schnauze voll von Zacharias. Die Kolumne wurde eingestellt, seine Beziehung ging in die Brüche, die Briefe wurden rar und böse, die Partys fanden ohne ihn statt.

Nachdem alles und alle, die sein Leben ausgemacht hatten, daraus verschwunden waren, stellte Zacharias fest, dass er weder über echte Freunde noch einen echten Beruf verfügte. Er kaufte sich einen Hund und arbeitete als Nachtportier in einem kleinen Drei-Sterne-Hotel außerhalb der Stadt.

Juli und Zacharias lernten sich im Park kennen. Zu dieser Zeit versuchte Juli, Theaterstück Nummer zwei zu schreiben, und Zacharias, seinen Hund zu erziehen.

Aus »Hallo« und einer Handvoll Sätze entwickelte sich eine Freundschaft.

Behutsam gingen sie miteinander um, vielleicht sahen sie sich deshalb nur alle vierzehn Tage.

Sowenig wie es Juli geschafft hatte, Theaterstück Nummer zwei zu schreiben, war es Zacharias gelungen, Gretel zu erziehen.

Die Hündin ohne Manieren trabte Juli entgegen, sprang an ihr hoch, warf sie zu Boden. Zacharias, in beiden Händen einen Pappbecher Kaffee, beschleunigte seinen Schritt.

»Gretel, du sollst doch nicht...«, rief er, aber Gretel hatte keine Lust zuzuhören und rannte davon.

Juli stand schon wieder senkrecht. Gemeinsam gingen sie zu ihrer Bank, der Bank, auf der sie immer saßen. Gerade als Juli von der toten Taube, die am anderen Ende des Parks lag, erzählen wollte, ergriff Zacharias das Wort.

»Ich muss dich um einen Gefallen bitten.«

Behutsam gingen sie miteinander um. Vielleicht baten sie einander deshalb nur selten um einen Gefallen.

»Ich habe eine Verabredung«, sagte Zacharias. »Sie heißt Hanna. Ich... Heute Abend. Ich habe sie in die Oper eingeladen.«

»Eine Verabredung? Du willst in die Oper?«, fragte Juli.

Nachdem seine Welt ihm den Rücken gekehrt hatte, hatte auch Zacharias der Welt den Rücken gekehrt. Seine sozialen Kontakte beschränkten sich auf Juli, die einzige Freundin, und Gretel, den Hund. Jede Art von Menschenauflauf mied er, nicht einmal zu einer Nachmittagsvorstellung im Kino hatte Juli ihn je überreden können.

»Ich habe drei Karten gekauft. Für Hanna, für mich und für dich.«

Juli lachte. »Du kannst mich nicht zu deiner ersten Verabredung mitnehmen.«

»Du sitzt hinter uns. Wir kennen uns nicht. Ich meine, wir tun so, als ob wir uns nicht kennen würden. Ich … Ich brauche dich. Wenn du da bist, hinter mir, dann …« Er drückte Juli eine Karte in die Hand. »Genau hinter mir«, sagte er.

»*Orfeo ed Euridice.*« Sie lächelte. »Genau hinter dir.«

Gretel kam angaloppiert. Etwas steckte in ihrer Schnauze. Ein paar Meter vor der Bank bremste sie ab.

»Spuck das aus«, rief Zacharias und sprang auf, doch die Hündin fraß schneller, als er laufen konnte. »Warum verstehst du das nicht? Du darfst nicht einfach alles in den Mund nehmen, was hier rumliegt.«

Das Tier wedelte mit dem Schwanz. Und es grinste. Ja, Gretel konnte grinsen.

Nicht grüßen, nicht hingucken, wir kennen uns nicht, dachte Juli, als sie das Foyer der Oper betrat und sofort Zacharias in Begleitung einer hübschen Frau mit honigblondem Haar erblickte. Er hatte sie nicht gesehen. Mit gesenktem Haupt marschierte Juli zur Garderobe.

Mantel abgeben.
Schnell auf die Toilette.
Kabine.
Abschließen.
Warten, bis das Klingelzeichen ertönt.
Karte vorzeigen.
Programmheft kaufen.
Halbdunkel der Saal.

Juli war nervös, dabei gab es nicht viel falsch zu machen. Hinter Zacharias sitzen und Orpheus beim Scheitern zuschauen. Das war alles.

Parkett links, vierte Reihe.

Zacharias und Hanna hatten bereits ihre Plätze eingenommen. Juli widerstand dem Impuls, Zacharias' Rücken zu berühren. Ihm zu sagen, dass sie da war. Hinter ihm, genau hinter ihm.

Das Programmheft verriet, dass sie die Wiener Fassung der Oper von Christoph Willibald Gluck sehen würden. Drei Akte. Keine Pause. Sprache: Italienisch. Untertitel: Deutsch.

Das Licht ging aus. Der Vorhang öffnete sich.

Auf der Bühne: Eurydikes Grab, der Chor und Orpheus.

Über der Bühne: die Leinwand mit den deutschen Untertiteln.

Hinter Zacharias: Juli.

Neben Zacharias: Hanna.

Hannas Augen auf Orpheus gerichtet, Zacharias' Augen auf Hanna und Julis auf Zacharias' Profil.

So sahen alle drei etwas anderes, dachten etwas anderes und fühlten etwas anderes, während Orpheus, dessen Lieder selbst Steine und Bäume rühren konnten, sich Einlass in die Unterwelt erbat, um seine geliebte Eurydike von den Toten zurückzuholen.

Amor sang: »*So höre, was dir Zeus befiehlt: Eh du die Erde erreichest, hüte dich, einen Blick auf die Gattin zu tun, sonst verwirkst du ihr Leben und verlierst sie auf ewig. So lautet das Gebot, so verlangt es Zeus! Seiner Gnade bezeig dich wert!*«, und lenkte auch Julis Aufmerksamkeit Richtung Bühne.

Orpheus' Bitte wurde erhört, die einzige Bedingung: ›Dreh dich nicht um.‹

Obwohl Juli die Sage kannte und wusste, dass Orpheus sich nicht an das Gebot halten würde, wusste, dass es kein gutes Ende nehmen würde, folgte sie gebannt dem Geschehen.

Zweiter Akt.

Orpheus rührt die Furien, betört die Unterwelt. Eine Schar Geister bringt Eurydike zu ihm.

Dritter und letzter Akt.

»Dreh dich nicht um«, flüsterte Juli.

Der ältere Herr neben ihr lächelte.

»Dreh dich nicht um«, flüsterte sie, während Orpheus und Eurydike im Duett sangen. »Nur heute, nur dieses eine, einzige Mal. Dreh dich nicht um, Orpheus.«

Doch er tat es.

Juli sprang auf.

»Hinsetzen. Ich sehe nichts mehr«, zischte jemand aus Reihe fünf.

Der ältere Herr neben Juli sah sie verwundert an. »Es ist noch nicht vorbei«, sagte er freundlich.

»Runter mit dem Kopf.« Eine weitere Beschwerde aus Reihe fünf.

»Ist ja gut«, sagte Juli und setzte sich.

Amor erschien wieder auf der Bühne.

Und da geschah das Wunder: Der Gott der Liebe trotzte dem Mythos und brachte Eurydike zurück zu Orpheus.

Hatte Amor Juli gehört?

Ein Schrei der Verwunderung entwich ihren Lippen. Der ältere Mann neben ihr schüttelte amüsiert den Kopf, die gesamte dritte Reihe drehte sich um – bis auf Zacharias.

»'tschuldigung«, nuschelte Juli.

Zwölf Mal traten die Sänger an den Bühnenrand und verbeugten sich. Minutenlang währte der Applaus. Dann fiel der letzte Vorhang.

Das Licht ging an. Juli holte ihren Mantel und eilte ins Freie.

»Verzeihung«, rief jemand.

Sie wandte sich um. Es war der ältere Herr mit dem freundlichen Lächeln. Juli blieb stehen. »Ja?«, sagte sie.

»Verzeihung, dass ich Sie aufhalte, aber dürfte ich Sie etwas fragen?«

Anzug und Haare leuchteten silbern.

Juli nickte. »Fragen Sie.«

»Was hat Sie während der Vorstellung so aufgebracht und dann so beglückt?«

»Glauben Sie an Wunder?«

»Nicht mehr«, sagte er und lachte.

»Das sollten Sie aber, denn heute Abend ist eins geschehen. Und Sie waren dabei.«

Er sah sie fragend an.

»Eurydike ist nicht gestorben. Millionen Male ist sie gestorben, aber heute Abend ist sie nicht gestorben. Das ist ein Wunder, oder?«

Der Herr in Silber lächelte. »Danke«, sagte er und eilte davon.

Die aufgeplatzten Blasen machten einen Spaziergang nach Hause unmöglich und Julis Kontostand eine Taxifahrt.

»Komische Frau, da bist du ja endlich«, empfing sie der Junge aus dem Park, als sie aus dem Bus stieg. »Ich suche dich schon den ganzen Tag.«

»Hallo, komisches Kind«, sagte Juli. »Es ist fast Mitternacht, was machst du hier?«

»Dich suchen, und es ist gar nicht Mitternacht«, antwortete er.

»Wo sind deine Eltern?«

»Arbeiten.«

»Nachts?«

»Ja.«

»Und wer passt auf dich auf?«

»Ich passe auf mich auf. Hör mir doch zu. Es ist was passiert.«

»Was ist passiert?«

Der Junge nahm ihre Hand und zog sie hinter sich her. »Schneller, Frau«, mahnte er.

Und dann standen sie im Park, zu ihren Füßen die tote Taube, ohne Kopf.

»Der Kopf ist ab«, sagte der Junge. »Jemand hat den Kopf abgemacht. Jetzt ist sie ganz tot.«

Juli ging in die Knie.

»So lag sie da, ohne Kopf. Und dann habe ich versucht reinzugucken. Weil vielleicht ist die Botschaft ja da drinnen. Aber ist sie nicht. Nur ein paar Würmer.«

Juli sagte nichts.

»Was machen wir jetzt?«, fragte der Junge.

»Wir suchen weiter.«

»Wir machen einfach weiter?«

»Ja, wir machen einfach weiter.«

»Jetzt?«

»Nein, jetzt gehen wir schlafen.«

»Morgen?«

»Ja, morgen.«

Wieder ergriff der Junge ihre Hand. Doch er hatte es nicht mehr eilig.

»Sind deine Füße noch immer kaputt?«

»Ja.«

Er lachte. »Du bist so dumm, dass du dir Schuhe nimmst, die deine Füße kaputtmachen.«

»Dumm?«

»Ja.«

»Ich bin nicht dumm, ich weiß 'ne ganze Menge.«

»Was weißt du?«

»Hummeln können rückwärts fliegen«, sagte Juli.

Er verdrehte die Augen. »Das weiß doch jedes Kind.«

»Wirklich?«

»Ja.«

»Hast du schon mal eine Hummel rückwärts fliegen sehen?«

»Klar.«

»Ja? Wie sieht das aus?«

»Sie fliegt halt rückwärts.«

»Und wusstest du, dass Seepferdchen Fische sind?«

»Die meisten Tiere, die im Wasser rumschwimmen, sind Fische.«

»O.K.«, sagte Juli, »und jetzt halt den Schnabel und schau dir die Sterne an.«

»Es sind keine Sterne da, nur Wolken.«

»Dann guck durch die Wolken durch.«

Er blickte zum Himmel, ließ sich von Juli an der Hand führen.

Und so durchschritten sie die von Laternen erleuchtete Dunkelheit. In Julis Ohren sang der Gluck'sche Chor:

»Jammernder Sterblicher,
was willst, was suchst du hier?
Dunkel und Mitternacht,
Ächzen und Winseln wohnt
in diesen schrecklichen, traurigen Kreisen!
Was willst, was suchst du hier,
jammernder Sterblicher? Was?«

Tag 9

Die Eier-Frau

LH 3930. Zwei Buchstaben, vier Ziffern. Sechs E-Mails hatten sie hin und her geschrieben. Juli würde Jakob am Flughafen abholen.

LH 3930.

Ein Wiedersehen nach vielen Jahren. Ein Wiedersehen, zu dem es keinen richtigen Abschied gegeben hatte.

Vielleicht hätte sie es kommen sehen müssen. Solche Dinge passieren nicht einfach so, und auch nicht von einem Tag auf den anderen. Hatte sie das nicht selbst an anderer Stelle gesagt?

Hotel Schatten. Die erfolglose Bärenjagd. Die leere Wohnung. Wo war Jakob?

Wochenlanges Warten, Warten, Warten. Seine Lieblingsjeans in ihren Armen, ein Strohhalm, an den sie sich geklammert hatte. Nacht für Nacht.

Dann die E-Mail. Keine Erklärung, keine Entschuldigung.

Juli,
ich bin in Nairobi.

Ich denke, Du verstehst mich.
Du hast mich immer verstanden.
Jakob

Fünf Zeilen.

Die E-Mail hatte eine Signatur. Eine nairobianische Adresse.

Juli hatte sich Jakob da nicht vorstellen können, in der Ole Odume Road, in Nairobi, in Afrika.

In die Ole Odume Road hatte sie *Bruno* geschickt. Den ungeschriebenen Brief.

Warten, warten, warten.

Kein Krieg, kein Tod, aber diese verdammte, allumfassende Unsicherheit, die Jakobs Verschwinden in ihr hinterlassen hatte.

Worauf konnte man zählen?

Jakob und Juli, das war ein Versprechen, und die Hose, die im Schrank lag, angeblich Jakobs Lieblingsjeans.

Er hatte beide zurückgelassen – Juli und die Jeans.

LH 3930.

Das Telefon klingelte.

»Hier ist die Lisbett. Bist du das?«

»Hallo«, sagte Juli.

»Bist du das?«, brüllte die Lisbett zu laut in den Hörer – viel zu laut.

»Ja, Lisbett, ich bin's, Juli.«

»Gut. Das weiß man ja nicht. Wie soll man das wissen? Sieht ja nicht durchs Telefon, oder?«

»Nein.«

»Sag ich doch. Brauchst du Arbeit?«

Lisbett war die Eier-Frau. Die Lisbett, mit einem ›die‹ davor. So nannte sie sich: Ich bin die Lisbett.

Die Lisbett hatte fast sechzig Hühner, verkaufte frische Eier und zu Ostern bemalte Eier. Nicht einfarbige, sondern kunstvoll gemusterte.

Nachdem die Stiftung ihr Geld zurückgefordert hatte und ihr *Atlantis*-Gedichtband untergegangen war, begab sich Juli auf Jobsuche. Sie hatte kein abgeschlossenes Studium. Besondere Fähigkeiten: nicht vorhanden. Erfahrung: o ja, alle möglichen. Schon mal eine Kasse bedient? Nein. Etwas gebaut? Repariert? Mit Tieren gearbeitet? Nein, nein und nochmals nein.

Kellnern – jeder kann kellnern. So viele Scherben, so viel vergossenes Bier. So freundlich die Kündigung. Lutz, der Barbesitzer, mochte Juli, aber es ging einfach nicht.

»Kein böses Blut?«

»Nein, hast ja recht, Lutz. Irgendwie…«

»Ja, irgendwie. Hoch die Tassen. Trink einen mit mir, Juli. Tut mir leid.«

Callcenter. Während *Bruno* noch immer einmal im Monat vor ausverkauftem Haus aufgeführt wurde, fragte sie – sechs Kilometer Luftlinie entfernt – fremde Menschen am Telefon, welche Partei sie wählen würden, falls heute Wahlen wären. Die meisten legten auf.

Jeder ausgefüllte Fragebogen war eine Handvoll Münzen wert. Man musste nur genug zusammenkriegen, dann verdiente man nicht schlecht. Erstes Monatsgehalt: 54,40 Euro. Das reichte nicht. Das reichte zu gar nichts.

Das Hotdog-Kostüm passte nicht, war entweder zu groß oder Juli zu klein.

»Das Gesicht muss da sitzen, da in dem Loch. Damit du sehen kannst.«

Sie konnte zwar sehen, aber nicht atmen. Egal, fünfzig Euro am Tag. Passanten Prospekte in die Hand drücken. Von Mittwoch bis Sonntag. Ein Kinderspiel.

»Pause kannst du machen, wann du willst«, sagte Wurst-Herbert.

Wurst-Herbert besaß achtzehn Wurstbuden in der Stadt. Ein Wurst-Imperium. Sechs menschliche Hotdogs waren von Mittwoch bis Sonntag im Einsatz. Juli war der einzige weibliche Hotdog und einen Kopf kürzer als alle anderen.

Jeder hatte seine Straßenecke, Hotdog-Nutten.

»Und freundlich zu den Kindern sein«, mahnte Wurst-Herbert.

Juli war freundlich zu den Kindern, aber die Kinder waren nicht freundlich zu ihr. Sie zeigten mit dem Finger auf sie, lachten über sie, und manchmal schubsten sie Juli.

Ob es Absicht oder ein Unfall war? Schwer zu sagen. Der Junge auf dem Skateboard versuchte nicht mal abzubremsen.

Ein ramponierter Hotdog. Geprellter Arm, verstauchter Fuß.

Wurst-Herbert konnte so was nicht gebrauchen. Schließlich waren die Hotdogs nicht gemeldet. Das Gehalt gab es bar in Umschlägen. War allen recht, nur dem Finanzamt nicht.

Juli wurde hinkend entlassen. Das verstehe sie doch, oder? Schließlich müsse er sich auf seine Hotdogs verlassen können, die dürften nicht so schnell zu Boden gehen.

»Kannst du malen?«, fragte Felix, ein Hotdog-Kollege, nach Julis Rauswurf.

»Weiß nicht, kommt drauf an ... Warum?«

Er erzählte ihr von der Eier-Frau, bald war Ostern, da suche sie wieder eine Aushilfe.

»Sie ist ein bisschen verrückt, aber zahlt gut.«

Zwei Tage später saß Juli in der S-Bahn und fuhr zu der Eier-Frau.

Ein Häuschen im Grünen und glückliche Hühner.

Die Lisbett ähnelte ihren Viechern. Spindeldürr die Beine, gewaltig der Oberkörper. Mit einer Mistgabel bewaffnet, kam sie auf Juli zu. »Wer bist du?« Die mattblauen Augen der Lisbett funkelten böse.

»Wir … wir hatten telefoniert. Juli. Ich bin Juli.«

»Ah«, machte die Lisbett. Sie reichte Juli ihre Hand, eine Pranke wie ein Holzfäller.

Mehr noch als jemanden, der mit ihr Eier bemalte, brauchte die Lisbett jemanden, der ihr zuhörte.

Es gab drei Versionen der Lisbettschen Lebensgeschichte.

Variante 1:

Hitlerjugend, alle Familienmitglieder in der Partei, der Krieg endet, die Mutter wird von einem Russen erschossen.

Variante 2:

Mutter und Geschwister gehören dem Widerstand an. Vater geflohen. Lisbett, ein kränkliches Kind, lebt bei der Tante.

Der Krieg endet, die Mutter wird von einem Deutschen gehenkt.

Variante 3:

Sie sind einfach wie alle anderen, machen nicht mit, aber rebellieren auch nicht.

Der Krieg endet, die Mutter wird von einem Ami erstochen.

Während Juli mit einem feinen Pinsel die vorgezeichneten Muster ausmalte, sprach die Lisbett.

Anfangs stellte Juli Fragen: »Ich dachte, es war ein Russe?«

»Russe?«

»Gestern hast du gesagt, ein Russe habe sie erschossen.«

Lisbett überging den Einwand und redete weiter. Bald schon begriff Juli, dass die Eier-Frau weder unterbrochen noch berichtigt werden wollte.

»Und weißt du, was mich am Kacken hält?« Das war die immer gleichbleibende Schlussfrage der variierenden Geschichte.

»Nein«, sagte Juli, auch wenn sie die Antwort bereits kannte.

»Eines Tages finde ich das Schwein, das meine Mutter umgebracht hat. Und weißt du, was ich mit ihm anstellen werde?«

»Nein.«

»Ich werde ihn abknallen. Peng.«

Die Eier-Frau suchte tatsächlich den Mörder ihrer Mutter, suchte nach dem Russen, dem Deutschen, dem Amerikaner, je nachdem, welche Wahrheit gerade die ihre war. Papiere und Akten stapelten sich in Lisbetts Wohnzimmer.

»Vielleicht ist er schon längst tot«, sagte Juli, als die Eier-Frau ihr zum ersten Mal den Blätterwust, das Ergebnis ihrer jahrelangen Recherche, präsentierte.

»Wie soll er denn tot sein? Habe ich ihn gefunden? Habe ich ihn abgeknallt?«

»Nein, aber...«

»Aber was?«

»Nichts.«

Auch nach Ostern blieb Juli im Dienst der Eier-Frau. Half bei der täglichen Arbeit und hörte zu. Je länger Juli auf dem Hühnerhof weilte, desto unwohler wurde ihr. Der Wahnsinn der Eier-Frau glich einer Klaue, die Julis Herz zu zerquetschen schien. Sie wollte davonrennen, aber sie rannte nicht, schließlich zahlte die Arbeit auf dem Hühnerhof ihre Rechnungen, hielt sie am Kacken, um es mit Lisbetts Worten zu sagen.

Erst als Julis Oma starb und ihr 14 500 Euro hinterließ, legte sie die Mistgabel nieder.

»Ich komme ab und zu und helfe dir«, tröstete Juli die Eier-Frau. »Und du kannst mich anrufen, wann immer du willst.«

Eigentlich hätte Juli das Erbe ihrem Agenten geben sollen, schließlich schuldete sie ihm 15 000 Euro.

»Gustav, ich habe 14 500 auf der Bank. Ich kann sie dir geben, oder ich kann den Hühnerhof verlassen.«

»Kündige«, sagte er, »und hol dir dein Leben zurück.«

»Mein Leben?«

»Ja, Juli, dein Leben.«

Für 14 500 Euro bekommt man kein ganzes Leben, aber ein bisschen Zeit, und dank der netten Frau bei der Bank einen Dispokredit von 5000.

19 500 Euro, die nun, nach knapp zwei Jahren, zur Neige gingen. Das Ergebnis der gekauften Zeit:

Ein Stapel unbezahlter Rechnungen.

Eine tote Taube, die vom Himmel gefallen war.

Das bevorstehende Wiedersehen mit Jakob.

Auf dem Hühnerhof hatte sich Juli nicht mehr blicken lassen, aber die Lisbett rief gelegentlich an, fragte, ob Juli Arbeit brauche, und erzählte von dem Russen, dem Deutschen, dem Ami – dem Schwein, das ihre Mutter auf dem Gewissen hatte.

»Brauchst du Arbeit?«

Julis Blick fiel auf die Casadei-Sandalen. Obermaterial: Leder, Absatzhöhe: 10 cm, 196,00 Euro.

»Ja.«

»Ja?«, fragte die Eier-Frau erstaunt.

Ein paar Nachmittage würde Juli den Irrsinn der Lisbett ertragen können.

Juli bandagierte ihre Füße, die aufgeplatzten Blasen eiterten. Rein in die Gummistiefel und auf zur Eier-Frau.

Im Treppenhaus begegnete ihr Vanessa.

»Wie geht es dir? Wie geht es David?«, fragte Juli.

Ein Strahlen huschte über das Antlitz der Nachbarin. »David ist in der Klinik.«

»Das ist gut«, sagte Juli und wollte weitergehen, doch Vanessa versperrte ihr den Weg.

»Juli...«

»Ja?«

»Ich... Also... Vor ein paar Tagen kamen zwei riesige Pakete. Ich dachte, der Postbote hätte sich vertan. Aber da stand unser Name drauf, und ich musste nichts bezahlen oder so. Jemand hat uns einen Tisch und ein Sofa geschenkt.« Vanessa legte ihre Hand auf Julis Arm, drückte sanft. »Irgendwie weiß ich jetzt... dass David... dass er es schaffen kann. Zeichen, ich glaube an Zeichen.«

Juli lächelte und fragte sich, ob es eine gute oder eine idiotische Tat war, falsche Hoffnung per www.shopforever.de zu verschicken.

»Hey, das ist... ein Zeichen, ja«, sagte sie. »Ich muss jetzt los. Und grüß David, wenn du ihn besuchst.«

Nach und nach leerte sich die S-Bahn. Kurz vor ihrem Ziel saß Juli allein im Waggon.

Mit dem Gefühl, dass keinerlei Zeit vergangen war, seitdem sie das letzte Mal diesen Weg beschritten hatte, lief Juli, so schnell es ihre eiternden Blasen erlaubten, vom Bahnhof zur Eier-Frau.

»Da bist du ja endlich.« Die grauhaarige Lisbett, gehüllt in einen Trenchcoat, bewaffnet mit einem Gewehr, erinnerte an Calamity Jane. »Wir müssen los«, sagte sie und deutete auf den grünen Mazda Baujahr 1977.

»Was? Wohin?«, fragte Juli irritiert. »Ich dachte…«

»Nicht denken«, mahnte die Eier-Frau. »Kriegst deinen Stundenlohn wie gehabt. Aber heute kümmern wir uns nicht um die Hühner.«

»Um was dann?«, stieß Juli hervor.

»Ich habe ihn gefunden.«

»Wen?«

»Den Mörder meiner Mutter.«

Auch wenn achtzig Kilometer pro Stunde erlaubt waren, die Lisbett fuhr nicht schneller als vierzig, nie. Ihre blauen Augen konnten zwar böse funkeln, aber mit dem Sehen hatten sie Schwierigkeiten. Reden mochte die Eier-Frau auch nicht während der Fahrt, und so blieben Julis Fragen – »Wohin fahren wir? Wie heißt er? Was hast du vor? Ist das Gewehr geladen?« – unbeantwortet.

Es dunkelte bereits, als die Lisbett den Mazda anhielt – am Feldrand, mitten im Nichts.

»Den Rest gehen wir zu Fuß«, verkündete sie.

»Ich gehe keinen Schritt, ehe du mir nicht sagst, wohin und was du vorhast.«

Die Eier-Frau reagierte nicht, nahm die Flinte und stapfte los.

»Du kannst mich doch nicht hier allein lassen«, rief Juli ihr hinterher.

Die Lisbett konnte.

»Dann warte wenigstens.«

Die Lisbett wartete.

Ziellos, wie es schien, marschierten sie den Feldweg entlang.

Dann am Horizont: ein Haus. Dort wohnte also der Mensch, den die Eier-Frau zum Mörder ihrer Mutter erkoren hatte. Juli bereitete sich innerlich auf ein Heldenstück vor. Sie würde der Lisbett die Waffe abnehmen, den unschuldigen Mörder anflehen, nicht die Polizei zu rufen. Die Lisbett zurück auf den Hühnerhof bringen oder in die Psychiatrie.

Es war kein Haus, sondern eine Kirche. Hinter der Kirche ein Friedhof. Geschlossen das eiserne Tor.

»Wir müssen hier rüber.«

Erstaunlich behende kletterte die alte Lisbett mit ihren dünnen Beinchen über das Gitter. Einarmig, denn die Flinte legte sie nicht aus der Hand.

»Beeil dich«, rief die Eier-Frau, während Juli sich bemühte, auf die andere Seite zu gelangen.

Ein stillgelegter Gottesacker. Efeuranken, verwitterte Gedenksteine. Auf wenigen Gräbern brannten Kerzen. Die Eier-Frau schnappte sich eines der ewigen Lichtlein. Wanderte von Ruhestätte zu Ruhestätte und betrachtete die steinernen Zahlen und Buchstaben, die der Zeit getrotzt hatten.

»Komm hierher«, befahl sie.

Der Vorname des Toten begann mit einem B, der Familienname beinhaltete ein h, und die 12 hatte eine Rolle in seinem Leben gespielt.

»Halt das«, befahl die Eier-Frau und drückte Juli die Kerze in die Hand. »Geh einen Schritt zur Seite.«

Und dann knallte es vier Mal. Das h, das jeder Witterung und wahrscheinlich einem Krieg standgehalten hatte, zerbröckelte.

Die Eier-Frau fischte vier weitere Patronen aus dem Trenchcoat. Peng. Peng. Peng. Peng. Das B verschwand, sowie die 2 der 12.

»Jetzt ist er tot«, sagte die Lisbett.

Nur eine 1 war geblieben. An der 1 nahm die Eier-Frau offenbar keinen Anstoß, oder die Munition war aufgebraucht.

»Jetzt ist es vorbei«, sagte sie und schulterte das Gewehr. Feucht waren die blauen Augen, die zwar böse funkeln, aber nicht mehr gut sehen konnten.

Juli stellte die Kerze ab und folgte der Lisbett.
Ein Heldenstück.

In dieser Nacht war der längst verstorbene B zu einem Helden, zu einem Russen, einem Deutschen, einem Amerikaner, zu einem Mörder geworden, um der Eier-Frau Frieden zu schenken.

»Wer will schon Blumen, wenn er tot ist? Keiner«, sagt Holden Caulfield, der fiktive Junge, der Julis Agenten das Leben gerettet hat.

Tag 10

Der Junge

Zwei Uhr: Blätter wurden zu Papierfetzen, wanderten in den Kachelofen. Die jahrelange Recherche der Eier-Frau löste sich in Rauch auf.

Drei Kannen Kaffee später dämmerte der Morgen, und Juli schleppte sich zum S-Bahnhof. 85 Euro hatte die Lisbett ihr gezahlt, einen Karton Eier als Bonus obendrein.

Julis Augen waren rot unterlaufen. Schlafentzug, und die qualmende Küche. Das eiserne Friedhofstor hatte Flecken auf ihrer Jeans hinterlassen, an den Stiefeln klebte Hühnermist und Hundescheiße. Die 24 Eier waren das einzige nicht Asoziale an Julis Erscheinung. Frische Eier erzählen vom Landleben, von harter Arbeit.

Bäume. Bäume. Häuser. Häuser. Die Stadt. Aussteigen.

Nicht noch mehr öffentliche Verkehrsmittel. Nicht zur Bushaltestelle. 85 Euro in der Tasche: Taxi.

Im Radio diskutierten Herr und Frau Schlau über den Iran. Unverwundbarkeit sei eine Utopie, meinte Frau Schlau, der Iran müsse begreifen, dass die Atombombe ihn nicht unangreifbar machen werde. Das sei ein schönes Wortspiel, sagte Herr Schlau und erklärte den dummen Zuhörern: »Begreifen, dass die Unangreifbarkeit Utopie ist.«

Juli konnte Frau Schlau lächeln hören und fühlte, wie eine Ladung Zorn ihr die Kehle zuschnürte.

»Eier vom Bauernhof?«, übertönte der Taxifahrer die Diskutanten.

»Ja. Können Sie das Radio ausschalten.«

Der Fahrer tat ihr den Gefallen. »Frische Eier sind was Schönes«, sagte er.

Vor ihrer Haustür saß der Junge aus dem Park. Zusammengekauert auf der Schwelle. Als er Juli erblickte, sprang er auf und brüllte los: »Wo warst du gestern? Wir wollten weitermachen. Die Botschaft, die Botschaft...«

»Hey, hey, hey«, unterbrach sie seinen Wutausbruch. »Warum bist du schon wieder hier? Musst du nicht zur Schule?«

»Nein, muss ich nicht. Ich bin krank. Für dich. Für die Botschaft.« Er stampfte mit den Beinen. »Wir machen weiter, hast du gesagt.«

»Ja, machen wir auch.« Sie sehnte sich nach Schlaf, aber da stand der Junge, der für sie krank war.

»Warum hast du Eier?«, fragte er, als sie zum Park liefen.

»Warum nicht?«

»Isst du die?«

»Ja.«

»Alle auf einmal?«

»Wahrscheinlich nicht. Warum willst du das wissen?«

»Warum nicht?«

»Halt den Schnabel.«

Der Junge lachte, sein Lachen war ansteckend.

Unordentlich das Gefieder der kopflosen Taube – als ob sie die ganze Nacht wild getanzt hätte. Ein rauschendes Fest. Frau Taube hat den Kopf verloren, das kostbare Federgewand zerstört. Der Junge und Juli drehten ihre Runden, scherten aus, sahen zum Himmel, blickten zu Boden. Eine Botschaft fanden sie nicht.

»Genug für heute, lass uns nach Hause gehen.« Juli konnte ihre brennenden Augen kaum noch offen halten.

»Und was machen wir dann?«

»Ich gehe schlafen.«

»Hast du keine Arbeit?«

»Gestern hatte ich Arbeit, heute nicht.«

»Du bist so komisch, Frau.« Wieder sein Lachen. »Was für Arbeit hast du gestern gemacht?«

»Will ich dir nicht erzählen.«

»Warum? Bist du ein Verbrecher?«

»Nein. Und jetzt halt die Klappe. Wirklich, ernsthaft. Ich kriege Kopfschmerzen.«

Er schwieg, bis sie den Park hinter sich gelassen hatten und auf Asphalt liefen.

»Kann ich mit zu dir? Wir können die Eier essen.«

»Ich will schlafen.«

»Bitte. Bitte, Frau.«

Der Junge verrührte 24 Eier mit einem Schneebesen, während Juli im Wohnzimmer auf der Couch lag. Er könne die besten Rühreier überhaupt zubereiten, hatte er behauptet. Juli gab ihm Sonnenblumenöl und ließ ihn gewähren.

»Du hast keinen Toast«, sagte er. In seinen Händen hielt er zwei mit Eierbergen beladene Teller. »Du hast gar kein Brot.«

Sie hockten nebeneinander. Ein Junge, der gerade die Schule schwänzte, und eine Frau, die gestern geholfen hatte, ein Grab zu schänden. Es fühlte sich richtig an.

»Gute Rühreier, oder?«, fragte er.

»Ja. Die besten überhaupt.«

»Hast du Kinder?«

»Nein.«

Er schüttelte empört den Kopf, eine zu erwachsene Geste für einen Jungen seines Alters. »Du hast keine Arbeit, du hast kein Brot, und du hast keine Kinder. Was hast du denn?«

»Blaue Wände.«

»Wolltest du das immer? Auch, als du klein warst?«

»Was wollte ich immer?«

»Na ja, keine Arbeit und keine Kinder und kein Brot und blaue Wände.«

»Nein. Als ich klein war, habe ich nicht darüber nachgedacht, was ich haben oder werden will.«

»Und dann?«

»Dann habe ich Jakob kennengelernt.«

»Wer ist das?«

»Er war mein Freund. Viele Jahre. Er hat Archäologie studiert, und dann habe ich auch Archäologie studiert. Weil ich… Ich weiß nicht, vielleicht, weil ich ihm gefallen wollte und weil… Ich wollte Atlantis finden.«

»Wen wolltest du finden?«

»Atlantis. Ein mythisches Inselreich. Atlantis ist innerhalb eines einzigen Tages und einer unglückseligen Nacht untergegangen. Die meisten sagen, Atlantis habe es nie gegeben, es sei nur eine Erfindung. Aber manche glauben, dass es wirklich existiert hat. Und ich… Ich wollte es finden. Und das meinte ich ernst.«

»Hast du viel gesucht?«

»Nein.«

»Ich kann dir helfen, wenn du willst.«

Juli lächelte. »Das ist nett von dir, aber es ist nicht mehr wichtig.«

»Warum?«

Sie zuckte mit den Schultern. »Was ist mit dir? Was willst du einmal werden?«

»Anwalt.«

»Ja?«

»Meine Eltern sind Anwälte.«

»Beide?«

Er nickte.

»Die arbeiten ganz schön viel, deine Eltern. Tag und Nacht.«

»Ja, und wenn sie nicht arbeiten, gehen sie in Therapie, und wenn die Therapie zu Ende ist, lassen sie sich wahrscheinlich scheiden.«

»Meine Eltern haben sich auch scheiden lassen.«

»Nach der Therapie?«

»Sie waren nie in Therapie.«

»Geht das denn?«

»Klar. Man muss nicht in Therapie gehen, um sich scheiden zu lassen.«

»Ich bin auch in Therapie. Die sagen, ich kann mich nicht konzentrieren.«

»Und wie läuft das so?«

»Weiß nicht. Ich geh da nicht gerne hin. Da stinkt's. Bist du in Therapie?«

»Nein.«

Er lachte. »Du bist so komisch, Frau.«

»Warum? Weil ich nicht in Therapie bin?«

»Mama sagt, dass jeder normale Mensch in Therapie geht.«

»Interessant.«

»Ist nicht interessant. Es stinkt nach Toilette und Ekelparfüm. Mir wird da immer schwindelig, weil ich versuche, nicht zu atmen. Oder nur so, guck.« Der Junge stupste Juli mit seinem Ellbogen in die Rippen. Hielt sich die Nase zu und atmete lautstark durch den Mund.

»Kann ich weiter hierbleiben?«, fragte er, nachdem sie beide ein Dutzend gerührte Eier gegessen hatten.

Juli stellte fest, dass sie sich freute, dass der Junge bei ihr war, dass er bei ihr bleiben wollte.

»Möchtest du einen Film gucken?«, fragte sie.

»Ja.«

Juli stand auf und legte eine DVD in den Rekorder. Die einzige DVD, die sie besaß: *Jenseits von Afrika*.

Hunderte Male hatte sie den Film gesehen. Jakob hatte ihn nicht gemocht. Überhaupt nicht. Seltsam, dass er ausgerechnet nach Afrika abgehauen war, dachte Juli, während der Vorspann lief.

Jenseits von Afrika erzählt die Geschichte der dänischen Schriftstellerin Karen Blixen, die 1913 mit ihrem Cousin Baron Bror von Blixen-Finecke nach Kenia auswanderte und ihn dort heiratete. Bald stellte sich heraus, dass ihr Ehemann ein Arschloch war, unzuverlässig und untreu. Karen sah sich gezwungen, die gemeinsame Kaffeeplantage allein zu leiten, und trennte sich später von Bror. Sie lernte den Großwildjäger Denys Finch Hatton kennen. Die Liebe ihres Lebens. Am Ende stirbt Denys.

Ein auf Tatsachen beruhender Film. Natürlich hatte sich in Wirklichkeit alles ein wenig anders zugetragen, doch wen störte das schon?

Jakob.

»Als Denys starb, waren sie längst kein Paar mehr, sie hatten nichts mehr miteinander zu tun«, belehrte er Juli. »Der Großbrand fand viel früher statt. Er war nicht der Grund für das Ende der Farm, sondern jahrelanges Missmanagement.«

»Jakob, lass mich doch einfach in Ruhe gucken.«

Er hatte sie nie gelassen.

Jenseits von Afrika löste stets ein Gefühl von Sehnsucht in Juli aus.

»Ich hatte eine Farm in Afrika am Fuße der Ngong-Berge. Nach allen Seiten war die Aussicht weit und unendlich. Alles in dieser Natur strebte nach Größe und Freiheit.«

Juli wollte keine Farm in Afrika. Nach Größe und

Freiheit streben – das war es. Juli wollte so sein wie die afrikanische Landschaft.

Atlantis.

Der Beginn einer Suche nach etwas, das so viel mehr war, als sie selbst. Weit und unendlich. Lass sie lachen, lass sie alle lachen, hatte Juli sich damals selbst ermutigt. Die meisten hielten ihre Ambitionen für einen niedlichen Witz.

Und Jakob?

»Entschuldigung, ich kann das einfach nicht ernst nehmen«, pflegte er zu sagen, sobald sie Atlantis erwähnte.

Nur in manchen Nächten, wenn sie beide betrunken waren, hörte er ihr zu. Folgte ihrer Sehnsucht, die zum Grund des Meeres schwimmen wollte, um ein untergegangenes Inselreich zu finden.

»Ich möchte nicht der Mittelpunkt meines Lebens sein«, versuchte Juli sich zu erklären.

»Aber meine geliebte, geliebte Juli, man ist der Mittelpunkt seines Lebens«, sagte Jakob sanft im Whiskeyrausch.

Eines Tages war Julis Traum von Atlantis gestorben. Latein und Altgriechisch, lautete die offizielle Begründung, doch die Wahrheit war, dass Juli einfach aufgegeben hatte. Aufgehört hatte zu wollen. Und die Wahrheit ist, dass Träume, die man einmal hat sterben lassen, nicht wieder zum Leben erweckt werden können. ›Nichts ist unmöglich.‹ Billige Worte für Schafe. Tote Träume werden so wenig wieder lebendig wie tote Menschen. Man kann sich an sie erinnern, sie vermissen, um sie trauern. Aber man kann sie nicht aus dem Reich der Toten zurückholen.

Was bleibt, sind Gräber und Denkmäler.

Juli hatte Atlantis ein Mausoleum aus 51 Gedichten errichtet. Das Theaterstück – vielleicht war es gar kein Brief an Jakob gewesen, sondern ein Requiem für einen weiteren gestorbenen Traum.

»Ich mag Tiger«, sagte der Junge, der gebannt auf den Bildschirm starrte.

»Ich auch.«

»Ich verrate dir etwas, ja?«

»o.k.«, sagte Juli.

»Aber du darfst nicht lachen.«

»Werde ich nicht.«

»Schwöre.«

Juli kreuzte ihre Finger. »Ich schwöre.«

Während er sprach, sah er sie nicht an. »Ich will einen Tiger zähmen«, flüsterte er. »Das will ich am allermeisten auf der Welt. Einen Tiger. Und er folgt mir überallhin, weil ich ihn gezähmt habe.«

Mit gesenktem Haupt wartete er Julis Reaktion ab.

»Weißt du, wenn es das ist, was du am allermeisten auf der Welt willst, darfst du nicht aufhören, es zu wollen. Nie.«

Er sah Juli an. »Ja«, sagte er ernst.

Da saßen sie: ein Junge, der hoffentlich einmal einen Tiger zähmen würde, und eine Frau, die zwar Atlantis beerdigt hatte, aber nicht die Sehnsucht nach Größe und Freiheit.

Victor Hugo hat gesagt: »Gott schuf die Katze, damit der Mensch einen Tiger zum Streicheln hat.«

Aber wir wollen keine Katzen, lieber Gott, wir wollen echte Tiger.

Tag 11

Die Fremde

Mit sechzig Euro in der Tasche und einer Visa-Karte, deren Limit noch nicht ganz ausgereizt war, marschierte Juli los.

Ein Kleid für ein Wiedersehen.

Ein schönes Kleid.

Morgen wollte sie schön sein.

Vielleicht sollte sie auch zum Friseur gehen, eine Pediküre, neue Unterwäsche, endlich lernen, wie man sich schminkt. Nächsten Monat, wenn die Kreditkartenrechnung kam, würde die nette Dame von der Bank sowieso anrufen. Egal, ob Juli heute zehn Euro oder hundert oder fünfhundert ausgab.

Ein Kleid für ein Wiedersehen.

Zu groß. Zu gelb. Zu kratzig.

Weiter.

Ein schönes Kleid.

Blau mit Blumen. Hellgrau mit dunkelgrauem Muster.

Weiter.

Morgen wollte sie schön sein.

Schwarz kurz. Schwarz mittellang. Silber.

Weiter.

Gold. Moosgrün. Schlammgrün.

Nein. Nein. Nein.

Raus.

Pause. Kaffee – nicht zum Mitnehmen. Zum Hinsetzen.

Das erste Mal seit vielen Jahren verspürte Juli das Verlangen nach einer Zigarette. Jakob und sie hatten damals gemeinsam aufgehört. Sie hatte durchgehalten, weil er durchgehalten hatte. Er hätte auch ohne sie durchgehalten.

»Kann ich den doch zum Mitnehmen haben?« Sie reichte der Barista die Tasse und bekam einen Pappbecher zurück.

Raus.

Rein in den nächsten Kiosk.

Der Verkäufer saß auf einem Stuhl hinter dem Tresen, die Augen geschlossen.

»Entschuldigung«, sagte Juli leise.

Keine Reaktion.

»Hallo?«

Er blinzelte.

»Ich möchte was kaufen.«

Ein Seufzen, er schlug die Augen auf. »So, so. Du möchtest was kaufen.«

»Eine Marlboro, ein Feuerzeug und zehn Schlümpfe, bitte«, sagte Juli bestimmt.

Langsam erhob der Verkäufer sich. »Was war das?« Es klang wie eine Drohung.

»Eine Marlboro, ein Feuerzeug und zehn Schlümpfe, bitte«, wiederholte Juli.

»Welche Marlboro?«

»Die normalen.«

»Was ist normal?«

»Die da.« Juli deutete auf die Zigaretten ihrer Wahl.

»Rot«, sagte der Verkäufer. »Marlboro rot, und welche Farbe das Feuerzeug?«

»Welche Farben haben Sie denn?«

»Soll ich die jetzt alle aufzählen?«

»Blau«, sagte Juli.

Der Verkäufer öffnete die Schublade und warf einen kurzen Blick auf sein Sortiment. »Haben wir nicht.«

»Grün.«

»Auch nicht.«

»Warum verstecken Sie die Feuerzeuge auch in der Schublade? Es wäre viel einfacher, wenn...«

»Willst du mir jetzt erklären, wie ich mein Geschäft zu führen habe, oder ein Feuerzeug?«

»Ein Feuerzeug, und die Farbe ist mir ehrlich gesagt scheißegal.« Sie lächelte.

Er erwiderte ihr Lächeln und legte ein gelbes Feuerzeug auf die Theke. »Wie viele Schlümpfe, die Dame?«

»Zehn.«

»Zehn Schlümpfe – gehen aufs Haus.« Er langte in die Plastikschachtel. »Mach das Händchen auf, Tüte habe ich nicht.«

Auf einem Mauervorsprung in einer Seitengasse breitete Juli ihre Beute aus. Aß einen steinharten Schlumpf. Trank einen Schluck Kaffee.

Zigarette.

Gelbes Feuerzeug.

Kindersicherung – danke, Arschloch.

Juli brauchte ein paar Minuten, bis sie den Plastikhebel ausgetrickst hatte. Sie rauchte vier Zigaretten, die restliche Packung, der Pappbecher und das Feuerzeug wanderten in den Müll. Nur die Schlümpfe stopfte sie in ihre Jackentasche.

Ein Secondhandladen.

Zwischen Morgenmänteln aus den 60ern und Blusen aus den 50ern entdeckte Juli ein eisblaues Kleid. Die aus festem, glänzendem Polyester gefertigte Korsage wurde von einem silbernen Band zusammengehalten. Der Rock bestand aus mehreren Tüllschichten.

Juli nahm das Kleid vom Ständer und ging in die Umkleidekabine, zog sich aus, stülpte das eisblaue Gewand über. Sie brauchte jemanden, der ihr beim Zuschnüren half.

Auf einem Lederwürfel neben der Kabine hockte

eine Frau. Sie war ungefähr so alt wie Juli. Rouge-Noir-Lippen, schwarzer Bob, der Körper in dunklen Samt gehüllt.

»Arbeitest du hier?«, fragte Juli.

»Nein.«

»Kannst du mir trotzdem helfen?«

Die Frau stand auf und zog das Band fest.

Juli betrachtete ihr Spiegelbild. Das Kleid saß wie angegossen.

»Ich würde es nehmen, wenn ich du wäre«, sagte die Fremde.

»Es ist schön, aber vielleicht nicht ganz dem Anlass angemessen.«

»Was ist der Anlass?«

»Ich treffe jemanden ... Ich treffe jemanden, den ich sehr lange nicht gesehen habe.«

»Das ist ein gutes Kleid für ein Wiedersehen.«

Zusammen gingen sie zur Kasse, zusammen verließen sie das Geschäft. Ob sie einen Kaffee mit ihr trinken wolle, fragte die Fremde. Sie kauften Kaffee zum Mitnehmen, fischten Zigaretten und Feuerzeug aus dem Papierkorb und hockten sich auf den Mauervorsprung.

Heute heiße sie Betty, erklärte die Fremde und schüttelte ihren schwarzen Bob. »Wie Betty Boop. Ist mein Job.«

»Ich war einmal ein Hotdog«, sagte Juli.

Betty sah sie fragend an.

»Ach, vergiss es. Was für einen Job machst du?«

»Ich ziehe mich aus. Zu Musik.«

»Also bist du eine Tänzerin?«

»Nein, tanzen kann ich nicht. Ich ziehe mich aus und bewege mich dabei ein bisschen. Auf einer Drehscheibe.« Betty breitete die Arme aus. »So.« Sie flatterte wie ein Vogel im Zeitraffer. »Und so.« Sie streckte das linke Bein in die Luft, dann das rechte, verlor fast das Gleichgewicht.

Die Kindersicherung bereitete Betty keine Schwierigkeiten, sie zündete zwei Zigaretten an, reichte Juli eine.

»Gestern war ich Marilyn. Marilyn Monroe. Ich habe eine blonde Perücke: Marlene Dietrich, Marilyn Monroe. Jean Harlow. Und die hier.« Sie deutete auf die falsche schwarze Haarpracht. »Kleopatra, Mata Hari und Betty Boop. Die Perücke, das ist alles, was ich am Ende der Show anhabe.« Betty lachte. »Hast du Hunger?«

Sie aßen Currywurst mit Pommes. Harte Schlümpfe zum Dessert. Sie kauften noch mehr Zigaretten und rauchten noch mehr Zigaretten.

»Willst du mir nachher zusehen?«, fragte Betty.

Sie betraten das Variététheater durch den Hintereingang. Das O'Murphy, benannt nach Marie-Louise O'Murphy, einer Mätresse Ludwigs XV., wurde von Cormac Fitzgerald, einem gebürtigen Iren, geführt.

Es gab eine große Bühne, der Zuschauerraum fasste sechzig Plätze. Hier traten hauptsächlich Burlesque-Tänzerinnen, Illusionisten und Performance-Künstler auf. Im hinteren Teil des O'Murphys befand sich eine klassische Peepshow.

Ein Raum, in der Mitte eine Drehscheibe, im Kreis angeordnete Einzelkabinen.

1982 urteilte das Bundesverwaltungsgericht in Berlin, eine derartige Zurschaustellung nackter weiblicher Körper verstoße gegen die »guten Sitten«, außerdem verletze sie die Würde der Frau. Peepshows seien daher in Deutschland nicht genehmigungsfähig.

»*No touching, no fucking, it's art*«, erklärte Cormac sein Geschäftsmodell. Ein guter Anwalt und die Fürsprache namhafter Künstler bewirkten, dass sich 1991 trotz heikler Gesetzeslage die Pforten des O'Murphy öffneten und offen blieben.

Auf dem Flur, der zu den Garderoben führte, begegneten sie Cormac Fitzgerald. Betty machte Juli und den Iren miteinander bekannt, ehe sie in der Garderobe verschwand. Cormac begleitete Juli zu den Kabinen.

»Kann ich irgendwo Geld wechseln?«

Der Theaterdirektor winkte ab, zog eine Rolle Münzen aus der Hosentasche und reichte sie ihr.

»Ich freue mich zu sehen, dass Marianne einen Menschen hat. Sie ist immer allein«, sagte der große, schlanke Mann, dessen Worte irisch eingefärbt waren.

»Ich wusste nicht mal, dass sie Marianne heißt.«

Er lachte. »Oh. Sie heißt auch gar nicht Marianne …« Sein Blick schweifte Jahre, Kilometer weit weg.

Juli wartete darauf, dass er weitersprach, doch Cormac schwieg.

»Ich gehe dann mal rein«, sagte sie schließlich, »und danke für die Münzen.«

Das Innere der Kabine war mit sandfarbenem Leder ausgestattet.

Schwach erleuchtet.

Es roch nach Rosen und Desinfektionsmittel.

Juli stellte die Tüte, in der ihr neues Kleid auf morgen wartete, ab. So weich war der Sessel, dass sie nie wieder aufstehen wollte. Trotz der Enge hatte die Kabine nichts Beklemmendes. Sie fühlte sich geborgen in dem winzigen Raum.

Ein rotes Lämpchen leuchtete auf.

Zwei Euro in den Schlitz.

Das Fenster öffnete sich.

Verspiegeltes Glas – Heute-Betty wusste nicht, wer ihr heute zuschaute.

Sie lag auf einer mit königsblauem Samt überzogenen Drehscheibe. Heller und schwerer als der Stoff, der ihren Körper verhüllte. Ihre Augen waren zur Decke gerichtet.

Eine Melodie erklang: ›Der Schwan‹ aus *Karneval der Tiere*.

Das Musikstück hatte Michel Fokine verwendet, als er für die Primaballerina Anna Pawlowa das Tanzsolo *Lebed*, der Schwan, choreographiert hatte.

Im Gegensatz zu der Betty-Boop-Verkleidung passte die gewählte Musik zu ihrer Darbietung. Betty sah tatsächlich aus wie ein Schwan. Ein angeschossener Cygnus atratus. Mehr tot als lebendig. Der Welt entrückt.

Juli fragte sich, ob Schwanen-Betty irgendeinen Mann zum Onanieren bringen konnte. Denn war das nicht der Sinn einer Peepshow?

Volle drei Minuten lag die Fremde einfach da, starrte zur Decke und flatterte gelegentlich mit den Armen.

Vier Euro für den sterbenden Schwan.

Blue Moon. Instrumental.

Betty richtete sich auf. Zog das samtene Oberteil aus. Ein Korsett bedeckte ihren Busen. Die Rouge-Noir-Lippen sangen leise zur Klavierbegleitung. Zuerst das linke Bein in die Höhe, dann das rechte, und wie zuvor auf dem Mauervorsprung verlor sie auch jetzt fast das Gleichgewicht.

Lachend knöpfte sie den Rock auf, strampelte sich frei. Halterlose Strümpfe. Einer flog zu Boden, den anderen behielt sie an.

Im Schneidersitz beendete Betty *Blue Moon*.

Zwei Münzen für Elvis.

»*I was dancing when I was twelve...*«

Juli zuckte zusammen.

»*... I danced myself right out the womb
Is it strange to dance so soon...*«

Das Lied, das ihr Lied gewesen war, bis eine einhändige Tänzerin es ihr genommen hatte. Seit der Italienreise hatte Juli es nicht mehr gehört.

Zwei Euro.

Aufmerksam folgte sie den Worten von T. Rex. Und dann verstand sie etwas, das sie zuvor nie verstanden oder nicht für wichtig befunden hatte:

»*Is it wrong to understand
The fear that dwells inside a man
What's it like to be a loon...*«

Juli wollte raus, eine Zigarette rauchen, Luft atmen. Mit der Tüte in der Hand verließ sie die Kabine.

Alles dunkel. Die Kasse nicht besetzt. Der Haupteingang verschlossen.

Juli rüttelte an der Tür. »Hallo?«, rief sie.

Niemand antwortete, niemand war hier.

Also zum Hintereingang.

Schritte.

»Warte.« Die Stimme des Iren.

Juli blieb stehen. »Der Eingang ist zu…«

»Du wirst es ihr nicht verraten, oder?«, unterbrach Cormac ihre Erklärung. »Bitte«, setzte er hinterher.

»Was werde ich wem nicht verraten?«

Er zögerte, schien nach den passenden Worten zu suchen. »Das O'Murphy öffnet um 19.00, jeden Abend. Sie tanzt von 17.00 bis 19.00 Uhr, jeden Tag.«

»Und sie hat keine Ahnung, dass…«

Er zuckte mit den Schultern. »Man weiß nur, was man wissen will, oder?«

»Hummeln können rückwärts fliegen.«

»Was? Hummeln?«

»Ach nichts. Auf Wiedersehen.«

Als Juli die Tür erreicht hatte, mit der Hand schon den Griff umfasste, drehte sie sich noch einmal um. »Wer ist Marianne?«

Der Ire lächelte, schüttelte sachte den Kopf. »Nur eine Erinnerung.«

»Den Schrecken dieses Augenblicks werde ich nie vergessen«, sagt der Herzkönig in *Alice im Wunderland*.

»Du wirst ihn vergessen«, erwidert die Herzkönigin, »es sei denn, du errichtest ihm ein Denkmal.«

Tag 12

Jakob

Am 24. Mai 1796 wurde Jakob Friedrich Kammerer, der Erfinder des Streichholzes, geboren.

Am 24. Mai 1865 wurde Jefferson Davis nach der Niederlage der Konföderierten im Sezessionskrieg und seiner anschließenden Gefangennahme wegen Hochverrats angeklagt.

Am 24. Mai 1883 wurde die ›New York and Brooklyn Bridge‹ nach vierzehnjähriger Bauzeit eröffnet.

Der 24. Mai 1915 war der letzte Lebenstag des Soldaten John Condon, des jüngsten Gefallenen der alliierten Truppen im Ersten Weltkrieg.

Was dieser 24. Mai der Menschheit bringen oder nehmen würde, war noch ungewiss.

Juli rauchte fünf Zigaretten und trank drei Tassen Kaffee, bevor sie unter die Dusche sprang.

Noch einige Stunden trennten das Jetzt und die Landung der Maschine LH 3930 voneinander.

Warmes Wasser, kaltes Wasser. Wechselduschen für den Teint. Schön wollte sie heute sein.

Eine Haarkur. Glänzen sollten die Haare.

Die Beine glattrasieren. Ein bisschen Blut tropfte vom Knie.

Gesichtsmaske. »Großzügig auf das gereinigte, frottierte Gesicht auftragen«, stand auf der Packung. Und: »Poren verkleinern sich bei regelmäßiger Anwendung.«

Zur regelmäßigen Anwendung fehlte die Zeit, also konnte das Gesicht auch nass bleiben. Nicht frottieren. Drauf mit der dickflüssigen Pampe.

Zähne putzen mit Backpulver, das machte sie weiß. Oh, wie sie strahlen würden. Die Zähne, die Haut, die Haare.

Eingewickelt in ein Handtuch, hockte Juli auf der Couch, rauchte Kette und trank Fernet-Branca. Das einzige alkoholische Getränk, das sie in ihrer Wohnung hatte finden können.

Sie versuchte sich daran zu erinnern, wie diese Flasche hierhergekommen war. Nie im Leben würde sie Fernet-Branca kaufen. Niemand, den sie kannte, würde ihr Fernet-Branca schenken. Nicht mal ihre Mutter. Und wer hatte die Hälfte der Flasche geleert, und wann?

Sie wusste es nicht.

Ein zweites Glas.

Nicht betrinken, ermahnte Juli sich selbst.

Nahrung – ja, sie brauchte etwas Essbares. Aber sie war die komische Frau, die kein Brot hatte.

Schränke auf: Sonnenblumenöl. Ein Schokoladen-Nikolaus. Eine frische Packung Cornflakes. Pfefferminztee. Salz. Backpulver. Honig. Ein abgelaufener Joghurt. Tomatenmark.

Sie entschied sich für den Nikolaus.

Essen.

Fernet-Branca, nur ein winziges Schlückchen.

»Ein Hauch von Vanille.« Eincremen. »Lässt Cellulite verschwinden«, lautete das schriftliche Versprechen – natürlich nur bei regelmäßiger Anwendung.

Und noch mal Zähneputzen.

Mascara. Auf die Wimpern gehört die schwarze Tusche, nicht unter die Augen.

Weibliche Pandabären haben einen Eisprung pro Jahr und sind dann für nur zwei bis drei Tage empfänglich. Wusstest du das, Jakob? Und wusstest du, dass der Winterschlaf der Murmeltiere ungefähr sechs Monate dauert? Warum ich jetzt von Murmeltieren spreche? Ach Jakob, ich mag Murmeltiere, ich mag sie schrecklich gerne.

Unterwäsche an.

Juli nahm das Kleid aus der Tüte. Schlüpfte in den eisblauen Stoff. Gestern hatte Heute-Betty ihr beim Zuschnüren geholfen. Wer würde ihr heute helfen? Vielleicht war Vanessa zu Hause. Aber Juli wollte niemanden sehen, nicht erklären müssen, warum sie an diesem 24. Mai ein eisblaues Kleid trug.

Auf dem Bauch liegend, die Arme verrenkt, schaffte sie es schließlich, das silberne Band festzuziehen.

Eine Zigarette. Ein Gläschen Fernet. Ein Blick in den Spiegel.

Sie sah aus wie ein Clown. Halb Clown, halb Pandabär.

Ein junger Mann geht zum Arzt und klagt über seine unüberwindlichen Depressionen. Darauf rät ihm der Arzt, er solle doch zu dem berühmten Clown Grimaldi gehen, um sich aufzuheitern. Der Patient erwidert: »Aber ich bin doch Grimaldi.« So entstand die Legende vom traurigen Clown. Über die Pandas haben wir ja schon geredet, Jakob. Und über die Murmeltiere auch.

Wimperntusche wegwischen.

Haare kämmen.

Einen Zopf flechten.

Wimperntusche neu auftragen.

Ein Aspirin.

Ein Ibuprofen.

Wie der blaue Tüll raschelte.

Für 4,6 Millionen Dollar wurde das Kleid, das Marilyn Monroe in dem Film ›Das verflixte 7. Jahr‹ getragen hatte, versteigert.

Die fast verheilten Blasen mit Pflaster bekleben. Sandalen an. Zusammenreißen.

Zigaretten, Feuerzeug, Portemonnaie – rein in die Handtasche.

Raus aus der Wohnung, und wieder zurück.

Telefon. Ein Taxi bestellen.

Ihr Handy hatte Juli vor vielen Jahren weggeschmissen. Zu lange hatte sie auf einen Anruf gewartet. Einen Anruf aus Afrika. Einen Anruf, der nie kam. Tag und Nacht. Ja, der Nokia-Klingelton hatte sich bis in ihre Träume geschlichen.

Kreditkartentaxi.

Treppab.

Vor die Tür.

Der Fahrer lächelte. Ob sie eine Tänzerin sei, wollte er wissen.

»Ich? Nein, warum?«

»Das Kleid. Wie eine vom Ballett sehen Sie aus«, sagte er. Ob sie zu einer Hochzeit eingeladen sei?

»Nein.«

Wohin die Reise denn gehen solle.

»Zum Flughafen.«

Im Radio lief Bob Dylan. *Lay Lady Lay.* Der Taxifahrer sprach lauter, als Dylan sang. Er erwähnte eine Tochter und dass heute ihr Namenstag sei, aber Juli konnte seiner Geschichte nicht folgen.

Sie würde Jakob wiedersehen.

Und dann?

Was sollte sie ihm sagen? Was sollte sie ihn fragen?

Welche Antwort könnte er ihr geben, die etwas an der Tatsache ändern könnte, dass er damals ohne ein Wort des Abschieds, ohne eine Erklärung verschwunden war?

Würde es etwas am Hier und Jetzt ändern, wenn sie wüsste, dass sein Fortgehen ein spontaner Entschluss oder aber ein langgehegter Plan gewesen war?

Und konnte es ihr nicht scheißegal sein, warum er sich für Afrika und nicht für Finnland oder Peru oder Polen entschieden hatte? Und welche Farbe das Feuerzeug? Blau. Grün. Rot. Egal.

»Da wären wir«, sagte der Taxifahrer und hielt an.

Vierzig Minuten.

Zur Anzeigetafel. LH 3930 wurde pünktlich erwartet.

Raus. Eine Zigarette rauchen. Mittlerweile bereitete ihr die Kindersicherung kaum noch Mühe. Lernfähig.

Rein. Kaffee holen.

Raus. Zigarette und Kaffee.

Rein. Zwei Hamburger.

»Eine Fee«, schrie ein Kind und zeigte auf Juli. »Da, die Fee hat McDonald's, Mama.«

Die Fee lächelte, verschlang die Burger im Gehen. Kaufte eine Dose Bier.

Jemand pfiff ihr hinterher. Eine mit Rucksäcken beladene Teenagerhorde lachte bei ihrem Anblick.

»Ich hoffe, euer Urlaub wird ein Höllentrip, ihr Arschlöcher«, schrie Juli und ging raus.

Zigarette. Bier trinken. Bierdose wegschmeißen. Dreizehn Minuten.

Rein.

Eine ältere Dame nannte Julis Kleid bezaubernd. Das Kompliment rührte sie zu Tränen. Der Alkohol war schuld an dieser Sentimentalität.

Toilette.

Wimperntusche wegwischen.

LH 3930 war gelandet. Zwei Minuten zu früh.

Juli stand vor der Absperrung.

Die automatische Tür öffnete sich. Entließ die Reisenden. Stoßweise. Manche eilten davon, ohne einen Blick auf die Wartenden zu werfen. Andere sahen sich um. Namen wurden gerufen, Umarmungen und Küsse verteilt.

Die Tür ging auf und zu und auf und zu, und dann blieb sie zu.

Nein, niemand mit diesem Namen habe auf der Passagierliste gestanden, sagte der Herr von der Lufthansa.

Vielleicht, dachte Juli. Vielleicht... Aber weiter kam sie nicht.

Raus.

Taxi.

Der Park.

Die Taube, die vom Himmel gefallen war. Nur noch ein Flügel lag dort.

Am 24. Mai 1938 erhielt Carl C. Magee das US-Patent Nr. 2.118.318 für die Parkuhr.

Am 24. Mai 1964 starben 350 Zuschauer bei den Ausschreitungen während des Olympia-Fußball-Qualifikationsspiels zwischen Peru und Argentinien in Lima.

Der 24. Mai ist der Namenstag der heiligen Johanna.

Und der Mann, der das Lied *Visions of Johanna* geschrieben hat, kam am 24. Mai 1941 zur Welt.

Was dieser 24. Mai der Menschheit nehmen oder bringen würde, war immer noch nicht gewiss. Doch bald schon würde alles, was heute geschah, nur Erinnerung sein.

Zufälle und Hochzeiten, die ein paar neuen Johannas das Leben schenken würden. Ein letztes Lachen, ein erstes Begehren. Untergegangene Städte. Verschwundene Träume.

Was würde bleiben?

Geschichten und Denkmäler.

»Hast du die Botschaft gefunden?« Der Junge kniete neben ihr.

»Ja«, sagte Juli.

Das Diogenes Hörbuch zum Buch

Astrid Rosenfeld
Zwölf Mal Juli

Ungekürzt gelesen von LUISE HELM

2 CD, Spieldauer 159 Min.

Astrid Rosenfeld
im Diogenes Verlag

Adams Erbe
Roman

Adam Cohen ist 1938 achtzehn Jahre alt. Edward Cohen wird um das Jahr 2000 erwachsen. Zwei Generationen trennen sie – aber eine Geschichte vereint sie. Von der Macht der Familienbande und der Kraft von Wahlverwandtschaften erzählt dieser Roman, und davon, dass es nur einer Begegnung bedarf, um unser Leben für immer zu verändern.

Bewegend und mit unerschrockenem Humor schildert Astrid Rosenfeld Schicksale und große Gefühle und wie die Vergangenheit die Gegenwart durchdringt.

»Astrid Rosenfeld schreibt mit schnellen Schnitten, gutem Gespür für Dramaturgie und, ja: Humor.«
Angela Wittmann / Brigitte, Hamburg

»Diesem Buch wünsche ich wirklich, dass es viele Leute lesen.« *Christine Westermann / WDR 5, Köln*

Elsa ungeheuer
Roman

Lorenz Brauer ist der neue Star der internationalen Kunstszene. Doch kaum einer ahnt, dass hinter seinem kometenhaften Aufstieg nicht nur Talent, sondern der raffinierte Plan zweier einflussreicher Frauen steckt. Karl Brauer, Lorenz' jüngerer Bruder, weiß das natürlich. Und auch, dass die verrätselten Bilder des aufstrebenden Malers ihren Ursprung in der Kindheit haben – in der Zeit, als Lorenz und Karl gerade ihre Mutter verloren hatten und Elsa in ihr Leben trat. Elsa mit den Streichholzarmen, dem rotzfrechen Mund-

werk, den extravaganten Kleidern. Das Mädchen, an das einer der Brüder sein Herz verlor und der andere seine Illusionen. Das Mädchen, das keiner von beiden vergessen kann.
Zärtlich und schonungslos schlägt Astrid Rosenfeld in diesem Roman einen Bogen von einer verrückten Kindheit auf dem Land bis zum Glamour der modernen Kunstwelt.

»Eine hinreißende Erzählerin.«
Irene Binal/Österreichischer Rundfunk, Wien

Auch als Diogenes Hörbuch erschienen,
gelesen von Robert Stadlober

Sing mir ein Lied
9872 Meilen und eine Geschichte
Mit Fotografien von Johannes Paul Spengler

Ein lauter Knall – und der Mercedes 300 Turbo Diesel, mit dem die Autorin Astrid Rosenfeld und der Fotograf Johannes Paul Spengler von New York nach San Francisco fahren wollten, wird noch in Manhattan von einem anderen Fahrzeug gerammt. Totalschaden. ›Unkaputtbar‹ sei der Mercedes, hatte der Gebrauchtwagenhändler zu ihnen gesagt, und perfekt in Schuss, nur einen Vorbesitzer habe er gehabt. Im Handschuhfach lag noch dessen Eau de Toilette, und Astrid Rosenfeld tauft den Unbekannten in Gedanken Frankie. Und dann beginnt die Reise. Nicht mit Frankies Wagen, aber mit seinem Geist und seiner Geschichte im Gepäck. Ein abenteuerlicher Trip über Georgia, Florida, Louisiana, Mississippi, Tennessee und Texas bis nach Kalifornien, voller verrückter, absurder und herzzerreißender Begegnungen.
Eine ungewöhnliche Mischung von Reisebericht und Fiktion mit umwerfenden Fotografien von Johannes Paul Spengler.